Llygad y Daran

LLYGAD Y DARAN

J. Selwyn Lloyd

*Cyhoeddwyd dan nawdd Cynllun Llyfrau Darllen
Cyd-bwyllgor Addysg Cymru*

Gwasg Gomer
1980

Argraffiad Cyntaf — Awst 1980

ISBN 0 85088 573 6

*Argraffwyd gan J. D. Lewis a'i Feibion Cyf.,
Gwasg Gomer, Llandysul, Dyfed*

Gwobrwywyd y nofel hon yn Eisteddfod Genedlaethol Wrecsam ac fe'i cyhoeddir trwy ganiatâd caredig Cyngor yr Eisteddfod.

Pennod 1

Cwmwl o lwch yn codi'n llwyd dan garnau'r ceffylau yn nhes bore y paith diddiwedd oedd yr arwydd cyntaf o berygl a welodd Mathew. Gadawodd y bwced ddŵr yn wag wrth y ffynnon a rhedodd am y tŷ yn wyllt, gan faglu ar draws yr ychydig ieir a bigai o gwmpas y drws, a'u hanfon yn giwed aflafar, flêr i frigau'r unig goeden a dyfai wrth wal y stabl. Yn y gegin safai Martha, ei wraig, hithau hefyd wedi sylwi ar y cymylau llwch drwy'r ffenestr fechan yng ngefn y bwthyn. Wrth i'w gŵr ruthro am y gwn Winchester o'r gongl a'r bocs bwledi o ddrôr y bwrdd, cododd hithau y bachgen bach blwydd oed o'i grud pren a'i wasgu ati.

"Indiaid?" gofynnodd yn ofnus, wrth i'w gŵr dynnu'r bar derw trwm ar draws y drws a dechrau llenwi'r gwn â'r bwledi.

Ysgwyd ei ben yn syn a wnaeth Mathew a mynd i sefyll wrth y ffenestr, ei lygaid bywiog yn culhau wrth iddo syllu i haul y bore a ddisgleiriai ar y paith.

"Cheyenne?" meddai toc, yn fwy mewn cwestiwn nag mewn ateb. "Mae'n anodd iawn dweud. Mae'r dyn coch yna wedi bod yn ddigon distaw a heddychlon yn ddiweddar. Ond, pwy bynnag ydyn nhw, dydyn nhw ddim ar ryw berwyl da iawn, yn carlamu fel yna ar y paith yma yn y bore bach."

Tynnodd gantel ei het dros ei lygaid a chraffu eto i ehangder y paith.

"Mae yna bedwar ohonyn nhw beth bynnag, a golwg arnyn nhw fel petai holl gythreuliaid y fall ar eu holau," meddai.

Daeth ei wraig i sefyll wrth ei ochr, un llaw ar ei ysgwydd a'r llall yn dal i gofleidio'r plentyn bach, a gysgai'n dawel er yr holl stŵr, ei ben cyrliog ar ei hysgwydd. Syllodd y ddau'n hir ar yr ychydig wartheg hirgorn, cochion a borai'n hamddenol o gwmpas y tŷ.

"Efallai nad Cheyenne ydyn nhw. Efallai mai dynion gwartheg ar eu ffordd adref o rywle ydyn nhw," sibrydodd Martha, i geisio codi tipyn ar ei chalon.

Rhedodd Mathew ei law yn garuaidd bron hyd faril y gwn ond ni ddywedodd air.

"Fyddai ddim yn well iti fynd i chwilio am gymorth i rywle?" ebe hithau wrth weld y giwed o farchogion yn nesu'n gyflym.

Chwarddodd Mathew am y tro cyntaf y bore hwnnw.

"Chwilio am gymorth, ddynes?" gwaeddodd. "Cymorth? Nid yn 'Frisco yr ydan ni. Wyddost ti mo hynny? Fedrwn ni ddim mynd i'r tŷ drws nesa i ofyn am gymorth, a fferm y Macdonalds daith hanner diwrnod i ffwrdd. Mi fydd y giwed acw yma cyn y byddwn i wedi rhoi'r cyfrwy ar y ceffyl. Ac fe gymer ddiwrnod cyfan imi fynd i Dre Hir i chwilio am y siryf, petai hynny o unrhyw help inni."

"Ond paid ti â phoeni," ychwanegodd yn dyner wrth weld yr ofn yn llygaid ei wraig. "Ddaw neb i mewn i'r hen fwthyn yma ar chwarae bach."

Edrychodd Martha ar y cerrig enfawr o gwmpas yr hen simdde fawr, a gwyddai fod gwir yn yr hyn a ddywedai Mathew. Cofiai'r hen amser gynt pan fu'n helpu ei gŵr i gario'r cerrig trymion o'r mynyddoedd ar odre'r paith i adeiladu'r cartref cysurus. Neb ond y ddau ohonynt i weithio o doriad dydd hyd nes byddai'r cricedyn cyntaf yn crawcian a'r ci gwyllt yn udo dan y lloer. Dydd ar ôl dydd o ymlâdd ym mhoethder canol haf y gwastadeddau gorllewinol a chysgu'r nos dan y drol, ei phen ar y cyfrwy caled. Oedd, roedd y cartref yn gadarn fel castell, ond fedrai Martha yn ei byw beidio teimlo'n anesmwyth y bore hwn.

"Beth am i ti wneud tipyn o goffi inni tra byddwn ni'n disgwyl," ebe Mathew yn sydyn. "Efallai mai dynion y siryf o'r Dre Hir ydyn nhw ar ôl rhyw ddihiryn. Mi fydd arnyn nhw angen rhywbeth i olchi'r llwch o'u gyddfau."

Wedi taflu darn arall o bren crin ar y tân, tynnodd Martha y tegell mawr du dros y fflamau â'i llaw chwith.

"A dyro'r bachgen bach yna yn rhywle saff, rhag ofn . . ."

Ni orffennodd Mathew ei frawddeg, ond gwyddai ei wraig yn iawn beth oedd ar ei feddwl. Agorodd y drws praff o dan y grisiau oedd yn arwain i'r daflod a gwthiodd y crud pren i'r tywyllwch â'i throed. Yna dododd y baban yn ôl ar ei fatres o blu ieir. Gwnaeth yn siŵr ei fod yn dal ynghwsg ac yna caeodd y drws yn ddistaw.

"Wyt ti'n meddwl y bydd Nic bach yn iawn?" meddai hi wrth fynd ati i dywallt y dŵr berwedig o'r tegell i'r pot coffi, a eisteddai ar y pentan a huddygl y blynyddoedd yn ei orchuddio.

Rhoddodd ei gŵr y gwn i orffwys ar y bwrdd a mynd ati i dywallt llond mwg tun mawr o goffi chwilboeth iddo'i hunan. Yna aeth yn ôl at y ffenestr a sefyll yno i'w yfed.

"Wrth gwrs mi fydd o yn iawn," atebodd. "Mae gan y Macdonalds bump o blant eu hunain. Maen nhw'n gwybod yn iawn sut i edrych ar ôl bachgen fel Nic. Mae o yn saffach yno efo nhw na fyddai o yma ar hyn o bryd yn siŵr i ti."

Saith oed oedd Nic, plentyn arall Martha a Mathew. Dau ddiwrnod ynghynt aeth yng nghwmni'r ddau was i yrru ychydig o wartheg i fferm Mr. Macdonald tua hanner can milltir ar draws y paith. Nid oedd digon o wartheg gan Mathew i wneud gyr i'w ddanfon i Dre Hir i ben y rheilffordd ond bob blwyddyn byddai ei gymydog yn ddigon caredig i'w danfon gyda'i wartheg ei hun.

Er ei fod bellach yn saith oed ac yn medru marchogaeth cystal â'r un dyn ar y paith, dyma'r tro cyntaf i Nic fod oddi cartref dros nos.

Bu'n edrych ymlaen am wythnosau at gael mynd ar y daith i fferm y Macdonalds. Roedd yn dyheu am gael eistedd i lawr i fwyta yn yr awyr agored ymysg y dynion gwartheg a chael cysgu yn y gwair yn y stabl cyn cychwyn am adref cyn i'r haul ddeffro yn iawn.

"Beth petaen nhw yn dŵad yn ôl y funud yma?" gofynnodd Martha, "a'r Cheyenne yna yn cael gafael arnyn nhw?"

"A dau o fechgyn cryfion i edrych ar ei ôl o?" gwenodd Mathew, yn codi'r gwn eto a'i agor i wneud yn siŵr bod digon o ergydion ynddo.

Llwnc arall o'r coffi poeth a chraffu drwy wydr llychlyd y ffenestr.

"Ac mi fedri di fod yn hollol dawel dy feddwl," ychwanegodd, "nad Indiaid ydyn nhw."

Aeth Martha ar flaenau ei thraed wrth ochr ei gŵr i edrych dros y paith. Erbyn hyn roedd y dynion tua thair milltir oddi wrth y bwthyn ac yn ddigon agos iddi weld nad y Cheyenne mohonynt.

"Criw o ddynion gwartheg ar eu ffordd adre o rywle ydyn nhw yn siŵr i ti," meddai Mathew, ac eto ni fedrai gadw'r anesmwythyd o'i lais na'r cryndod o'i law. "Os nad dynion y siryf ydyn nhw."

"Ond maen nhw wedi aros," meddai ei wraig ar ei draws. "Edrych, Mathew, dydyn nhw ddim yn carlamu rŵan."

Roedd y cymylau o lwch wedi diflannu i ymdoddi i des yr awyr las uwchben, a'r pedwar marchog i'w gweld yn glir yn y cyfrwyau, y ceffylau yn ysgwyd eu pennau a'u hanadl yn cymylu awyr iach bore'r paith.

"Rwyt ti'n iawn hefyd," gwenodd Mathew. 'Maen nhw wedi aros. Efallai na fyddan nhw ddim yn dod yn agos yma wedi'r cwbl."

Yna dechreuodd fwmian canu'n ddistaw wrth ymestyn am lond mwg arall o goffi.

Draw ar y paith eisteddai'r pedwar dihiryn yn y distawrwydd llethol ar eu ceffylau blinedig. Nid oedd dim i dorri ar yr heddwch ond sŵn anadlu poenus yr anifeiliaid cryfion. Roedd golwg dynion wedi byw eu bywyd cyfan allan ar y paith agored arnynt bob un. Ar wyneb hagr, budr Wil Goch yr arweinydd, roedd craith lydan, wen yn rhedeg o gongl ei lygaid chwith i lawr at ei en. Dangosai'n eglur drwy drwch blewog y farf goch a orchuddiai y rhan fwyaf o'i wyneb, mewn coffadwriaeth am ymladdfa giaidd mewn salŵn iselradd yn un o drefi gwyllt y gorllewin. Yn y gweiniau wrth ei wregys gor-weddai dau wn a charnau gwynion iddynt. Tyn-nodd gantel ei het ddu, lydan dros ei lygaid creulon ac edrychai'r tri arall arno fel petai arnynt ofn siarad gair cyn iddo ef roi caniatâd iddynt.

Gadawodd Wil Goch i'w geffyl bori ychydig ar y glaswellt crin tra rhedai yntau ei fysedd tewion dros y sach trwm ar y cyfrwy o'i flaen.

Drwy'r defnydd cras medrai deimlo'r doleri arian, pum mil ohonynt. Chwarddodd ynddo'i hun wrth feddwl am yr olwg ofnus oedd ar wyneb dyn y banc cyn iddo ei saethu, tra oedd y tri arall yn llenwi'r sach â'r arian o'r sêff yn y cefn. Bu bron iawn i'r siryf ddod ar eu gwarthaf cyn iddynt ymadael â'r dref, a chymerodd ddwy noson a diwrnod o farchogaeth caled i'w ysgwyd ef a'i ddynion oddi ar eu trywydd. Ond gwyddai eu bod yn ddiogel bellach. Ni welwyd yr un arlliw o ddynion y gyfraith er machlud y noson gynt.

"Mae'r ceffylau yma bron â disgyn," meddai toc. "Mi fydd raid inni eu bwydo a chwilio am ddŵr iddyn nhw cyn mynd gam ymhellach."

"A beth am ein bwydo ni, Wil?" gofynnodd un o'r lleill, gan boeri i'r llaid o'i flaen. "Dydan ni ddim wedi bwyta ers . . ."

Taflodd Wil Goch un edrychiad mileinig tuag ato a gafaelodd yng ngharn un o'r gynnau.

"Sawl gwaith mae'n rhaid i mi dy atgoffa di fod dy geffyl yn llawer pwysicach na thi, y dihiryn," meddai drwy ei ddannedd melyn.

Ciciodd ei geffyl yn nes at geffyl y llall ac yna trawodd y dyn â'i law ar draws ei wyneb nes ei fod yn rhychu'r paith.

"Fi sydd yn rhoi yr ordors y ffordd yma," gwaeddodd yn sarrug. "Mi ddyweda i pa bryd yr ydach chi'n bwyta. Y ceffylau sydd bwysicaf ar hyn o bryd."

Gwyliodd y llall yn dringo yn ôl i'w gyfrwy

am eiliad ac yna edrychodd draw tuag at y bwthyn cerrig a safai yn unig fel meudwy ar ganol y paith.

Wedi i Wil Goch neidio oddi ar ei farch a'i adael i bori, gwnaeth y tri arall yr un modd. Aeth y pedwar i eistedd yn hanner cylch ar y ddaear, a phob un yn dal i syllu draw tua'r bwthyn.

''Fedrwn ni ddim fforddio gwastraffu gormod o amser i orffwyso'r ceffylau, Wil,'' meddai Jeff, a oedd yn fwy hy na'r lleill. ''Rydan ni wedi colli'r siryf yna a'i giwed ar hyn o bryd ond fyddan nhw fawr o dro yn dod o hyd i'n trywydd ni eto yng ngolau dydd.''

Culhaodd llygaid Wil Goch yng ngoleuni'r haul a thynnodd ei law drwy ei farf drwchus a rhedeg ei fys ar hyd y graith flêr ond ni ddywedodd air.

''Mae yna geffylau wrth y tŷ acw,'' awgrymodd yr un a gafodd y ddyrnod, a'i foch yn dal i losgi. ''Saith beth bynnag. Mi fedra i eu gweld nhw'n glir.''

''Dydyn nhw ddim hanner cystal â'r rhain,'' oedd ateb swta ei feistr. Tynnodd un o'r gynnau o'r wain, chwythodd y llwch oddi ar y faril a dechreuodd ei daflu o un llaw i'r llall gan feddwl yn ddwys.

Yna dyma'r talaf ohonynt yn codi'n sydyn ac yn chwibanu ar ei geffyl.

''Dydw i ddim yn mynd i aros fan yma a mynd yn ôl i'r carchar yn y dref yna,'' meddai, yn neidio i'r cyfrwy. "A dyna fydd ein hanes ni os na frysiwn ni."

"Faint o daith sydd o'n blaenau ni eto?" gofynnodd Jeff yn araf deg.

"Dau ddiwrnod beth bynnag, cyn y byddwn ni'n berffaith saff," oedd yr ateb parod. "Ac os cawn ni awr o garlamu o'r ceffylau yma eto, mi fyddwn yn fwy na lwcus."

Pan oedd y pedwar yn eu cyfrwyau unwaith eto, meddai Wil Goch, "Welwch chi rywun o gwmpas?"

Ysgwyd eu pennau wnaeth y tri arall, heb dynnu eu llygaid barus oddi ar y bwthyn yn y pellter.

"Ond mae rhywun yna yn sicr ichi," meddai Wil wrth weld y rhimyn glas o fwg yn codi'n ddiog drwy'r corn simdde. Crafodd ei graith eto fel yr arferai wneud bob tro y byddai rhywbeth yn ei boeni. "Faint tybed? Maen nhw yn ein gwylio ni drwy'r ffenestr acw. Mi fedra i deimlo eu hen lygaid nhw arna i rywsut."

"Tŷ bychan fel hwnna?" chwarddodd Jeff, a phoerodd y gwelltyn y bu'n ei gnoi i'r llawr. "Fferm fechan ydi hi. Does yna ddim llawer o weithwyr ar ryw bwt o ransh fel hwn, Wil."

Penderfynodd Wil Goch beth fyddai'r cam nesaf ar amrantiad. Tynnodd ei het yn is dros ei lygaid ac amneidio ar y lleill i'w ddilyn.

"Gadewch iddyn nhw feddwl mai mynd heibio yr ydan ni," meddai'n ddistaw. "Does neb i saethu nes y bydda i yn rhoi arwydd."

Yna dechreuodd y pedwar garlamu'n wyllt ar draws y paith unwaith yn rhagor.

Pennod 2

Pan oeddynt o fewn canllath i'r bwthyn cerrig ac yn cadw at y llwybr a arweiniai heibio iddo, rhoddodd Wil Goch un floedd uchel a sbardunodd ei geffyl yn chwyrn. Trodd y pedwar fel un gŵr a rhuthrasant am y tŷ, a phedwar gwn yn poeri tân, y bwledi plwm yn malurio'r ffenestr ac yn plannu i bren y drws a sboncio'n wyllt oddi ar gerrig y waliau trwchus.

Rhoddodd un o'r giwed ysgrech annaearol a rhuthrodd ei ddwylo at ei ysgwydd wrth iddo syrthio oddi ar ei farch a'r mwg o faril Winchester Mathew yn cymylu'r ffenestr. Neidiodd y tri arall oddi ar eu ceffylau a rhedeg i gysgod y stabl, y cafn dŵr wrth y ffynnon a bôn y goeden. Drylliwyd heddwch y bore gan gyfarthiad y bwledi.

Toc cododd Wil Goch ei law i atal y saethu. Nid oedd sŵn yn unman ond eco'r ergydion yn marw yn y creigiau ymhell ar y gorwel a cheffyl neu ddau yn gweryru mewn ofn. I gyfeiriad y bwthyn roedd hi'n dawel fel y bedd. Cododd Wil Goch ar ei draed yn ofalus o araf deg. Cerddodd tua'r ffenestr, ei sbardunau'n tincian yn y distawrwydd, ei ddau wn yn ei ddwylo a dau fys yn hofran uwch y ddau driger. Wedi edrych drwy'r ffenestr yn ofalus, saethodd i'r awyr mewn llawenydd a rhedeg am y drws cadarn, y ddau arall yn dynn wrth ei gwt. Ni fu'r tri yn hir cyn agor y drws â'u hysgwyddau llydan.

Ar ôl chwilota a dwyn popeth oedd o werth, aethpwyd ati i lenwi eu sachau cyfrwy â'r bwyd o'r cypyrddau. Yna symudwyd y cyfrwyau a'r gêr oddi ar y ceffylau blinedig a'u taflu ar y rhai ifanc, ffres a safai yn ofnus yn y gorlan wrth y tŷ.

Wedi codi dŵr iddynt o'r ffynnon i'r cafn a'u gwylio'n yfed yn eiddgar am ychydig, gollyng-odd Wil Goch hwy'n rhydd ar y paith ac aeth i helpu'r lleill i glymu'r un a saethodd Mathew i'r cyfrwy.

Cyn cychwyn o'r bwthyn gwnaeth ffagl o frigau crin a daliodd fatsen wrthi nes bod y fflam-au'n clecian.

"Aieeee," gwaeddodd wrth ei thaflu drwy'r ffenestr ddrylliedig a charlamu ar ôl y lleill.

Bu'r tri yn marchogaeth yn galed tua'r gorwel heb droi ond unwaith i edrych ar y tŷ'n mygu yn sgerbwd du ar ganol y paith.

Pan ddaeth y tri Cheyenne fel tri chysgod drwy laswellt y paith, yr oedd yr haul yn ei anterth. Gwyddai'r tri fod rhywbeth o'i le pan welsant y mwg yn codi o'r bwthyn du o'u cudd-fan yn y bryniau draw. Anaml y deuent i dir y dyn gwyn y dyddiau hyn ond roedd cyfle fel hwn yn ormod i'w anwybyddu.

Llithrodd y tri tua'r tŷ ac ymgripio drwy'r drws agored. Nid oedd dim oddi mewn ond lludw du ac arogl mwg, dim byd gwerth ei ddwyn. Daliai'r trawstiau derw o dan y to tywyrch i fudlosgi.

''Fydd y ceffylau yna o ddim gwerth iddyn nhw eto,'' meddai un o'r Indiaid ifanc yn ddistaw fel petai'n ofni i'r ddau a orweddai wrth y ffenestr ei glywed.

Tra bu'r ddau arall allan yn dal y ceffylau, ciciodd yntau y pentwr lludw unwaith eto, y lludw a fu hyd ychydig oriau ynghynt yn gelfi cartref hapus. Stopiodd yn sydyn pan ddaeth sŵn o dan y grisiau. Yn rhyfedd nid oedd y fflamau wedi ysu'r drws wrth y simdde. Tynnodd y Cheyenne ei gyllell o'i wregys a mynd at y drws yn llechwraidd a gwrando'n astud. Rhoddodd yr arf yn ei ôl yr un mor sydyn a gwenodd pan adnabu'r sŵn. Wedi agor y drws yn ofalus, cododd y bwndel nwyfus o'i grud pren a gweiddi ar y lleill yn wyllt. Pan ddaethant roedd y plentyn yn gwenu'n braf i wyneb yr Indiad a'i lygaid yn pefrio wrth wylio'r plu amryliw yn chwifio'n ysgafn yn yr awel a chwythai drwy'r drws agored.

''Be' yn enw'r duwiau?'' gofynnodd un ohonynt.

''Un o gywion y dyn gwyn ydi o,'' poerodd ei gyfaill ar y llawr yn ddirmygus.

''Anrheg y duwiau i'r Cheyenne,'' meddai'r un a gariai'r plentyn ar ei draws. ''Mae'r duwiau wedi ein harwain yma drwy ddangos y golofn fwg inni o'r gorwel pell. Rhaid inni fynd ag ef yn ôl i'r llwyth a'i fagu fel y Cheyenne, ei wneud yn frawd i'r Cheyenne. Bydd yn dod â lwc dda i'r llwyth. Dyna fwriad y duwiau yn ei ddangos inni.''

Wedi iddynt ddal y ceffylau a rhwymo'r plentyn mewn blanced o'r crud, diflannodd y tri mor sydyn a distaw ag y daethant. Cyn mynd o'r bwthyn, cododd un ohonynt geffyl pren bychan, y bu rhywun yn ei naddu'n degan i'r plentyn mewn dyddiau gwell, o'r crud a'i ddodi yn ei wregys.

Cyn machlud haul y noson honno yr oedd bachgen newydd yng ngwersyll y Cheyenne, un a'i groen yn wyn fel croen y gelyn oedd yn byw ar y paith.

Pennod 3

Nid oedd chwa o wynt ar y paith a dim sŵn yn unman. Safodd Nic i'w lawn chwe throedfedd a cherddodd gam yn nes at yr hen furddun. Nid oedd dim ar ôl ond y waliau moelion, duon a'r tywyrch, fu unwaith yn do iddo, wedi syrthio i'r llawr ers blynyddoedd ac wedi aildyfu i guddio'r lludw llwyd.

Aeth Nic i eistedd ar y wal gerrig isel a amgylchynai'r ffynnon. Er na fu neb yn yfed o'r dŵr ers llawer dydd, yr oedd cyn oered ag erioed. Gwyrodd dros y wal i dorri ei syched ac yna sychodd ei geg â llawes ei grys o frethyn garw glas ac edrychodd o'i gwmpas.

Doedd y stablau, a fu unwaith yn gysgod cysurus i anifail, yn ddim ond pentwr o goed blêr o gwmpas y murddun ar ôl y gwyntoedd cryfion a chwythai ar draws y paith aeaf ar ôl gaeaf, a phryfed y coed yn prysur orffen eu dinistrio'n llwyr. Gwyliodd Nic ei geffyl gwinau hardd yn pori'n hamddenol gerllaw'r ffynnon ac aeth ei feddwl i grwydro.

Ychydig iawn a gofiai am y noson honno bron i ugain mlynedd yn ôl bellach. Saith oed ydoedd ar y pryd. Ond medrai gofio'n iawn fel yr edrychai ymlaen at gael mynd â'r gwartheg i ransh y teulu Macdonald am nosweithiau cyn y daith. Cofiai hefyd am godi yn y bore bach pan oedd y gwlith yn gwlychu'r ddaear a chychwyn yng nghwmni'r ddau was, ac yntau ar ei ferlen fach ddu a gwyn.

Erbyn heddiw ni chofiai fawr ddim am y daith adref dros y paith, dim ond cofio am y golofn fwg yn ymestyn tua glesni'r awyr a'r ddau was yn sbarduno eu ceffylau nes eu bod yn chwys diferol.

Daeth Mr. Macdonald yno gyda'r siryf yn ddiweddarach a bu pawb wrthi'n ddyfal yn troi pob modfedd o'r lludw.

"Does dim golwg o'r plentyn bach yna yn unman," ebe'r siryf toc.

"Fedr o fod wedi ei losgi, siryf?"

"Na, neu mi fyddai rhyw arwydd ohono yn rhywle yma. Mae o wedi mynd ichi . . ."

"Wedi mynd, ddyn?" Gwylltiodd Mr. Macdonald yn gacwn. "Sut y gall plentyn bach fynd o'i grud? I ble y medr baban blwydd oed fynd?"

"Y Cheyenne, Mr. Macdonald," eglurodd y siryf, yn gwasgu carn ei wn. "Gwaith y dyn coch yna ydi hyn a gwaith neb arall yn sicr ichi."

Poerodd damaid o faco du o'i geg cyn ychwanegu, "Y ceffylau wedi eu dwyn, y plentyn wedi mynd, y tŷ yn wenfflam. Does neb ond y Cheyenne yn gwneud pethau fel hyn ar y paith yma . . ."

"Ond dwyn plentyn, siryf?" meddai Macdonald ar ei draws.

"Petaech chi wedi byw ar y paith yma cyn hired â mi, Mr. Macdonald, fyddai'r peth ddim yn syndod o gwbl ichi. Dwyn plant a dwyn ceffylau, dyna brif bethau'r dyn coch, anwaraidd yna. A dyma ichi'r tŷ wedi ei losgi i'r llawr. Edrychwch o'ch cwmpas, ddyn annwyl. Pob ceffyl wedi mynd, y plentyn ar goll. Os nad ydi pethau fel yna yn arwydd o waith y Cheyenne, yna mi rydw i'n fodlon bwyta fy seren arian.''

Daeth y lleisiau o'r gorffennol pell yn ôl i Nic wrth iddo gerdded o gwmpas yr hen furddun a'i waliau moelion. Ond bellach nid oedd yn teimlo dim, dim hiraeth, dim dig tuag at y Cheyenne hyd yn oed. Yr oedd y cwbl wedi digwydd mor bell yn ôl. Onibai am y darlun yn ei boced, byddai wedi anghofio wynebau ei rieni ers blynyddoedd ac ni chofiai fawr am du mewn ei hen gartref lle bu'n chwarae yng ngolau'r lamp olew ar nosweithiau hirion y gaeaf.

Roedd ganddo ryw frith gof am ei dad yn cerfio ceffyl pren bychan iddo â'i gyllell boced wrth danllwyth o dân. Medrai weld y ceffyl o flaen llygaid ei feddwl y funud hon. Yna, ei frawd bach. Ni fedrai gofio ei wyneb, ond i Nic yr un wyneb oedd gan bob baban. Ond cofiai amdano'i hun yn siglo'r crud i gadw ei frawd yn ddiddig tra byddai ei fam allan yn bwydo'r ieir neu yn helpu ei dad i lifio'r coed cyn codi'r stablau a'r corlannau gwartheg.

Aeth Nic i hel ychydig o goed crin. Cyn hir yr oedd llond piser o goffi du yn berwi'n hapus ar y tân a llond tun o ffa bach llygaid duon a chig moch hallt wrth ei ochr. Eisteddodd i fwyta'n hamddenol, ei gefn ar yr hen goeden, a golchodd y cwbl i lawr â'r coffi chwilboeth. Teimlai'n ddigon cysglyd a bodlon ar ôl y fath wledd ac, ar ôl hel ei daclau at ei gilydd, a'u rhoi'n ôl yn y sach gyfrwy, chwalodd y tân â'i droed i'w ddiffodd. Lled orweddodd â'i gefn ar y goeden eto, ei het yn isel dros ei wyneb a dechreuodd bendwmpian cysgu.

Ond, er mor drwm yr awyr ac er ei fod wedi blino'n fwy nag arfer, ni ddaeth cwsg yn hawdd iddo y pnawn hwnnw. Yr oedd rhywbeth yn ei boeni, rhywbeth a'i harweiniodd yn ôl ar draws milltiroedd o baith, rhywbeth o'r gorffennol, rhywun a adawyd mewn crud pren yn yr union furddun a safai'n golsyn o'i flaen yn awr.

Daeth llais Macdonald i'w glustiau eto drwy niwl y blynyddoedd, yn gwylltio'n gacwn wrth y siryf o Dre Hir am fod mor ddidaro ynghylch y baban coll.

''Fyddai ddim yn well ichi wneud rhywbeth, siryf?'' gwaeddodd yn wyneb dyn y gyfraith. ''Mae'r plentyn bach yna yn nwylo'r anwariaid pluog yna a ninnau yn gwastraffu amser fan hyn.''

Dechreuodd y siryf chwarae â charn ei wn ac edrychodd draw at y bryniau gleision ar y gorwel pell.

''A be' ydach chi'n ddisgwyl i mi ei wneud, Mr. Macdonald?'' meddai'n araf.

''Yr arswyd fawr, ddyn,'' ffrwydrodd y ffermwr, ''Dydan ni ddim wedi rhoi'r seren arian yna ar eich bron chi ichi gael eistedd yn eich swyddfa yn y dre acw. Chi sy'n gyfrifol am gadw heddwch yntê? Chi sydd i roi diwedd ar yr holl drais yma ar y paith.''

''Sut ydach chi'n disgwyl i un dyn fel fi edrych ar ôl yr holl baith yma?'' oedd yr ateb parod. ''Beth wn i am hynt y Cheyenne gwyllt, a digon o waith gin i i'w wneud yn y dref?''

''Ond mi fedrwch fynd i chwilio am y bachgen bach yna, siryf,'' meddai Macdonald yr un mor barod.

''Chwilio amdano?'' Edrychodd y siryf tua'r bryniau eto. ''Fyddech chi'n fodlon mynd i wlad y Cheyenne i chwilio amdano, Mr. Macdonald?''

Roedd deg o ddynion yr hen ffermwr ar eu ceffylau y tu ôl iddo.

''Rhwng pawb ohonom, mae yna bedwar ar ddeg o ddynion, siryf,'' meddai, a'i lygaid yn danbaid. ''Rydw i'n barod i gychwyn y funud yma. Petaech chi yn cael criw o ddynion o'r dref yna i helpu, yna mi fyddai gennym ni garfan gref iawn. Tua deg ar hugain o ynnau i gyd . . .''

Gwylltiodd y siryf yn gacwn ulw.

''Deg ar hugain o ddynion i fynd i wlad y Cheyenne,'' meddai, a'i lais yn gryg. ''Wyddoch chi fod yna ddegau o'r dynion coch yna tu hwnt i'r bryniau acw? Pa obaith fyddai gan ddeg ar hugain o ddynion yn erbyn holl deulu'r Cheyenne?''

''Does gan y Cheyenne ddim gynnau, siryf.

Dim llawer beth bynnag . . .''

''Beth ydi gwn yn erbyn cyfrwystra'r Indiad, Mr. Macdonald?'' gofynnodd y siryf, gan rwbio ei seren arian â llawes ei got nes ei bod yn sgleinio yn yr haul tanbaid. ''Ewch chi i'r mynyddoedd yna a fydd y Cheyenne ddim yn hir yn dangos ichi pwy ydi'r meistr.''

Ond mynnu mynd wnaeth Macdonald a'i ddynion a bu'n rhaid i'r siryf gael criw o'r dref i fynd gyda hwynt. Buont yn crwydro'n galed am bythefnos gyfan heb weld dim ond ôl tân gwersyll y Cheyenne yma ac acw. Wrth eistedd o gwmpas tân coed yn y nos, teimlent fod cannoedd o lygaid yn eu gwylio o'r tywyllwch. Wrth farchogaeth yng ngwres y dydd gwyddent fod rhywun yn symud y tu ôl i bob craig a llwyn ond ni ddangosodd y Cheyenne ei hun i'r un ohonynt.

Bu Nic yn aros gyda Mr. Macdonald am dri mis ar ôl y drychineb ac yna, wedi iddi glywed y newydd drwg, daeth unig chwaer ei dad yr holl ffordd o 'Frisco i'w gyrchu ati hi i fyw.

Hen wraig fach dda ond caled oedd Modryb Neli, a digalon fu gweddill plentyndod Nic. Nid bywyd i apelio at galon bachgen a fagwyd yn rhyddid y paith oedd bywyd tref fawr, boblog ar yr arfordir. Ddydd ar ôl dydd breuddwydiai Nic drwy ffenestr yr ysgol fach ac arogl llwch yr ystafell bron â'i fygu. Gwyliai'r troliau orlawn a'r cerbydau yn mynd tua'r harbwr ar hyd y ffordd garegog a dyheai am gael gweld blewyn glas unwaith eto a chael teimlo gwres ei geffyl ar ei goesau.

Yna cafodd yr hen wraig waith iddo gyda ffrind iddi mewn swyddfa fechan yn yr harbwr. Roedd arogl tar yn gymysg â heli'r môr a sbeis y Dwyrain oddi ar y llongau yn codi awydd ar rai i deithio i wledydd pell, ond roedd hiraeth am arogl gwartheg a cheffylau ar Nic. Hiraeth am gael teimlo'r paith yn wlithog wlyb dan ei draed yn y bore bach, hiraeth am gri digalon y fultur ac am udo'r ci gwyllt ar noson olau leuad.

Pan edrychodd drwy ffenestr y swyddfa un bore a gweld haid o ddynion gwartheg yn march-ogaeth tua'r salŵn agosaf ar ôl milltiroedd o yrru gwartheg ar draws y paith, ni fedrai aros yn hwy yn y dref. Newidiodd ei siwt ddu barchus am grys glas a throwsus tynn. Taflodd ei het ddu galed i'r afon a gwyliodd hi'n nofio i'r môr yn gymysg â'r ysbwriel o'r llongau cyn prynu un lydan, a chantel mawr iddi. Aeth y gweddill o'i arian prin i brynu Diafol, y ceffyl gwinau hardd a fedrai fod yn wyllt pe rhoddid ei ben iddo, ond nid oedd rhedwr cystal yr ochr yma i'r Rio Grande.

Bu Diafol yn cario Nic yn ffyddlon ar draws y paith, a thros fynyddoedd, drwy wres didostur canol haf a thrwy stormydd eira enbyd y gaeaf. Aethant o dref i dref ac o ransh i ransh i hel gwartheg ond un peth yn unig oedd ar feddwl Nic drwy gydol yr amser. Ddydd ar ôl dydd, wrth yrru gwartheg, eu marcio, wrth hel y lloi yn y gwanwyn, yn ei feddwl gwelai golofn o fwg du yn codi ar y paith. Wrth gysgu'r nos breudd-wydiai am y Cheyenne yn marchogaeth tua'r mynyddoedd ar nos o haf a'i unig frawd, yr unig un o'i deulu oedd ar ôl, yn dynn yng nghôl un o'r dewrion.

Pennod 4

Deffrodd Nic yn sydyn o'i fyfyrdodau pan ddaeth Diafol i rwbio ei drwyn yn ei ysgwydd.

"Wedi blino aros wyt ti, 'rhen ffrind?" meddai Nic, yn codi ar ei draed a gafael yn y cyfrwy oedd ar y llawr wrth ei ymyl. Safai'r hen geffyl yn hollol lonydd wrth i'w feistr daflu'r cyfrwy ar ei gefn a sicrhau bod yr awenau yn ddigon tynn. Safodd Nic hefyd am ychydig i fwytho ei anifail ffyddlon gan siarad ag ef fel pe bai'n deall pob gair.

"Fan yma cefais i fy ngeni ysti," sibrydodd, fel petai arno ofn i rywun arall heblaw Diafol ei glywed.

Ochneidiodd Nic wrth neidio i'r cyfrwy.

"Mi fydd raid inni fynd i chwilio amdano ysti," meddai, yn tynnu ei law drwy fwng hir y ceffyl, a gurai ei draed yn galed ar y ddaear, yn ddiamynedd am gael tramwyo'r paith agored unwaith eto. "Does ganddo fo neb ond ni'n dau i'w helpu rŵan ac mi fydd raid i rywun ei gael yn ôl oddi ar y Cheyenne gwyllt yna. Beth wyt ti'n feddwl, 'rhen ffrind? Ddoi di i chwilio am fy mrawd?"

Ysgwyd ei ben wnaeth y ceffyl fel pe bai'n deall pob gair a ddeuai allan o enau ei feistr.

"Ond ymhle ar y ddaear rydan ni yn mynd i gychwyn?" gofynnodd Nic. "Oes gin ti ryw syniad, Diafol?"

Cododd ei olygon tua'r bryniau ar y gorwel, yn union fel y gwnaeth y siryf ugain mlynedd ynghynt.

"Y Cheyenne," meddai'n ddistaw. "Ble maen nhw tybed? A ble mae fy mrawd?"

Cyn cyrraedd yr hen furddun y diwrnod hwnnw bu Nic yng nghartref Macdonald ond nid oedd cymorth o gwbl i'w gael fan honno. Yn ôl y perchennog newydd, aeth teulu Macdonald o'r paith flynyddoedd yn ôl ac nid oedd gan neb yr un syniad i ble.

Tynnodd yn yr awenau a sbarduno ei geffyl. Taflodd un olwg frysiog i gyfeiriad yr hen gartref ac yna aros yr un mor sydyn a neidio o'r cyfrwy. Yr oedd rhywbeth o'i le ar yr hen fwthyn. Edrychodd Nic drwy'r drws unwaith eto a syllu'n hir ar y llawr o laswellt ir. Wrth fod y waliau yn ei gysgodi a neb yno i'w bori, tyfai'r gwair yn uchel yma a'i liw gwyrdd golau mor wahanol i'r glaswellt crin a orchuddiai'r paith.

"Mae rhywun wedi bod yma yn ddiweddar," meddai Nic yn uchel, wrth weld y llwybr yn arwain oddi wrth y drws at yr hen simdde fawr.

Aeth ar flaenau ei draed tua'r drws a fu unwaith yn cau'n glòs ar y twll dan grisiau, ond a oedd bellach ers blynyddoedd yn hongian fel pe'n feddw ar un darn o ledr digon brau.

Am y tro cyntaf ers iddo gyrraedd ei hen gartref dechreuodd Nic deimlo'n anesmwyth braidd. Nid bod arno ofn, ond teimlai fod rhywun yn ei wylio. Teimlai fel pe bai'n clywed sŵn rhywun yn sisial. Gafaelodd yn dynn yn ei wn ac edrych o'i gwmpas, ond nid oedd neb yn unman a dim sŵn i'w glywed ond sŵn gwynt ysgafn yn cwynfan wrth siglo porfa grin y paith, a sŵn Diafol yn pori ychydig lathenni oddi wrth y tŷ.

Aeth yn nes at y drws sigledig ac edrych i'r twll y tu ôl iddo. Chwibanodd yn isel ac aeth ar ei liniau ar y ddaear i graffu ar yr olygfa o'i flaen.

Roedd y coed wedi pydru a glaswellt a phlanhigion wedi tyfu rhwng cerrig y waliau ymhob man, ond ynghanol yr hen dwll dan grisiau yr oedd rhywun wedi bod wrthi'n ddyfal yn clirio ac yn glanhau. Yno safai ceffyl bychan o bren, newydd ei beintio'n lliwgar, cylch o blu amryliw o'i amgylch a bwyell wedi ei haddurno'n dlws.

Bwyell y Cheyenne, meddyliodd Nic, yn codi'r arf a syllu arni'n hir. Cofiai weld y ceffyl pren o'r blaen. Gwnaeth ei dad un i'w frawd fel ag iddo yntau, er i'w fam brotestio ei fod yn rhy ifanc i chwarae â thegan o'r fath.

Cododd y tegan yn ofalus o'i guddfan. Ie, yr un ceffyl ydoedd. Roedd Nic yn sicr o hynny, er bod rhywun wedi rhoi côt o baent arno yn ddiweddar iawn. Eisteddodd ar y glaswellt mewn penbleth, gan chwarae â'r ceffyl pren. Medrai ddweud oddi wrth gyflwr y glaswellt o gwmpas y twll dan grisiau mai rhyw ddiwrnod neu ddau ynghynt y bu rhywun yma yn gosod y celfi. Ond pam, gofynnodd iddo'i hun.

Yn sydyn cofiodd i rywun ddweud wrtho unwaith ei bod yn arferiad gan y Cheyenne, fel gan ambell i lwyth arall o Indiaid, godi allor i edmygu eu dynion glewaf pan fyddai'r dynion hynny yn profi eu gwerth i'r llwyth ac yn haeddu cael eu galw'n ddewrion. Gwyddai fod yn rhaid i bob Cheyenne ddangos ei wrhydri o flaen y llwyth pan gyrhaeddai oed arbennig a gwae'r un fyddai'n dangos ei hun yn llwfr. Byddai'n rhaid i'r creadur aros yn y gwersyll ymysg y merched, a gwisgo sgert amdano, tra byddai'r dewrion eraill allan yn hela neu'n ymladd y dyn gwyn ar y paith.

Eisteddodd Nic yno o flaen simdde'r hen furddun yn troi'r ceffyl pren drosodd a throsodd yn ei law. Rhaid bod y Cheyenne wedi mynd â'r teclyn pan ddaethant i losgi'r bwthyn, cyn dwyn y ceffylau a'r plentyn. Ond doedd peth felly ddim yn gwneud synnwyr o gwbl i Nic. Os daeth yr Indiaid i losgi ac i ladd, pam aethant â'r baban i ddiogelwch? Pam mynd â'i degan? Ni fedrai weld goleuni yn unman. Dim ond un peth a wyddai i sicrwydd, mai gwaith y Cheyenne oedd y cwbl.

Toc, rhoddodd bopeth yn ôl yn ofalus yn y twll dan grisiau, a chan afael yn y gwn a orweddai wrth ei draed, cododd yn araf. Neidiodd mewn dychryn pan glywodd y glec y tu ôl iddo, a bwled yn chwibanu heibio'i glust i blannu ym mhydredd coed y drws.

Gwyrodd Nic o reddf a throi ar amrantiad, ei

fys ar driger y gwn. Ond nid oedd ganddo yr un siawns. Safai'r ddau Cheyenne, un o bobtu drws y tŷ, a'r gwn yn llaw y talaf ohonynt yn anelu'n syth at ei galon. Gollyngodd Nic ei arf ei hun a chodi ei ddwylo uwch ei ben heb yngan yr un gair.

Ni ddywedodd yr un o'r ddau arall air am yn hir ychwaith. Safai'r un â'r gwn fel delw o farmor, ei lygaid yn treiddio drwy Nic. Plygodd y llall yn ofalus a chododd Winchester Nic oddi ar y llawr a'i archwilio, cyn gwenu mewn boddhad, fel plentyn wedi cael tegan newydd.

''Be wyt ti'n ei wneud yma?'' gofynnodd y talaf yn sarrug.

''Dim. Dim ond mynd heibio yr oeddwn i,'' atebodd Nic, gan wybod yn eithaf nad oedd yr un o'r ddau yn ei goelio.

Yr oedd yr olwg yn llygaid y Cheyenne yn ei sicrhau ei fod wedi pechu a gwyddai fod yn rhaid iddo fod yn ofalus. Gwenodd ac estyn ei law mewn cyfeillgarwch, ond dechreuodd bys yr Indiad bwyso ar y triger, a chododd Nic ei ddwylo uwch ei ben yn frysiog eto.

''Mae duwiau'r Cheyenne fan yma,'' cyfarthodd yr Indiad wrth i'w gyfaill blygu o flaen yr allor a'i archwilio. ''Does dim lle i'r un dyn gwyn yn un o fannau cysegredig y Cheyenne.''

''Doedd y lle ddim yn gysegredig pan ddaeth y Cheyenne i los . . .'' dechreuodd Nic ac yna ailfeddyliodd wrth i'r Indiad roi cam bygythiol tuag ato.

"Wel?" gofynnodd yr Indiad wrth weld ei gyfaill yn codi oddi ar ei liniau wrth yr allor.

"Dydi'r dyn gwyn ddim wedi dinistrio," meddai'n dawel.

"Rydw i'n ffrind i'r Cheyenne," meddai Nic.

"Does yr un dyn gwyn yn ffrind i'r Cheyenne," gwaeddodd y llall ar ei draws. "Mae'r dyn gwyn fel blaidd, yn lladd ac yn rheibio ac yn dwyn."

Teimlai breichiau Nic fel petaent yn pwyso can tunnell yr un. Mentrodd eu tynnu i lawr at ei ochr yn araf deg, y ddau arall yn ei wylio'n ofalus.

"Mae un neu ddau o'r dynion gwyn yn ddrwg," ebe Nic, yn dechrau teimlo'n llai digalon. "Ond mae rhai am fod yn ffrind i'r Cheyenne."

Tra oedd yn siarad, sylwodd ar garn gwn yr Indiad.

"Y fyddin," meddai wrtho'i hun, wrth sylwi ar y rhifau wedi eu llosgi i bren y carn. "Gwn y fyddin? Sut ar y ddaear y daeth y gwn yna i law hwn?"

Yn uchel meddai, "Ewch â fi at eich pennaeth. Rydw i am fod yn ffrind i'r Cheyenne."

Dechreuodd yr Indiad tal wylltio a gwthiodd flaen ei wn i stumog Nic.

"Does dim croeso i'r dyn gwyn yng ngwersyll y Cheyenne," meddai'n haerllug, a'r llygaid eryr yn culhau mewn dig. "Mae'r dyn gwyn yn anwaraidd, yn byw fel ci gwyllt y paith."

Yna cerddodd y ddau Indiad wysg eu cefnau tua'r drws, a chwibanu ar eu ceffylau. Daeth y ddau anifail atynt ar unwaith. Neidiodd y Cheyenne arnynt o'u hunion sefyll.

''Cadw draw o wersyll y Cheyenne, ddyn gwyn,'' gwaeddodd un ohonynt.

Yna saethodd i'r awyr ac i ffwrdd â'r ddau ar garlam dros y paith.

Gwyliodd Nic hwy'n mynd tua'r bryniau ar y gorwel, mewn cwmwl o lwch, am yn hir. Yna galwodd ar ei geffyl a dringo i'r cyfrwy. Roedd yr haul yn bêl goch ar y gorwel a'r cysgodion yn dechrau ymestyn. Rhyw awr eto cyn y nos. Yn barod yr oedd y cricedyn i'w glywed yn y glas-wellt ac ambell gi gwyllt yn udo'n dorcalonnus yn y pellter. Os oedd am gyrraedd godre'r bryn-iau cyn iddi dywyllu, nid oedd gan Nic eiliad i'w golli.

Pennod 5

Wedi prynhawn cyfan o orffwys a phori yr oedd Diafol yn mynd fel mellten ar draws y paith. Teimlai Nic fel pe bai heb orffen gwisgo amdano heb ei wn, ond nid oedd am adael cyfle fel hwn i gael gafael ar y Cheyenne fynd heibio heb gymryd mantais ohono. Ychydig iawn o lwybrau a arweiniai drwy'r bryniau ac ni fyddai'n llawer o drafferth dod o hyd i drywydd y ddau Indiad.

Pan ddaeth y lloer i wenu ar y paith, roedd Nic yn arwain ei geffyl ar hyd llwybr caregog dros y bryniau. Roedd yn olau fel dydd, a gwynt ysgafn yn chwythu i'w wyneb. Arhosodd unwaith i dorri darnau o'i flanced a'u clymu'n dynn am draed ei farch, rhag i'r pedolau daro'n swnllyd yn y cerrig mân.

Wedi tair awr o deithio caled, dechreuodd y llwybr arwain i lawr at y dyffryn yr ochr arall i'r bryniau ac aeth Diafol yn anesmwyth. Gwyddai Nic ei fod yn arogli rhywbeth yn y gwynt a chwythai tuag atynt. Dynion? Ceffylau? Ci gwyllt efallai? Nid oedd ganddo'r syniad lleiaf ond gwyddai fod yn rhaid iddo fod yn fwy gofalus nag erioed. Neidiodd oddi ar ei geffyl yn ysgafn a dal ei afael yn dynn yn yr awenau. Craffodd i'r gwyll islaw'r llwybr ond ni welai ddim yng ngolau'r lloer ond cysgodion ymhob man a'r tawch yn codi'n gymylau gwynion o'r dyffryn.

Arweiniodd y ceffyl oddi ar y llwybr ac, wedi dod o hyd i graig enfawr, eisteddodd yn ei chysgod a gweddill ei flanced yn dynn amdano, i geisio cysgu. Deffrodd cyn i'r haul sychu'r gwlith a orchuddiai'r holl ddaear. Roedd yn eithriadol o oer a theimlai fel pe bai rhywun wedi ei gicio'n ddi-baid drwy'r nos. Wedi rhwbio ei freichiau a'i goesau'n galed, nes teimlo'r gwaed yn byrlymu'n gynnes drwydd-ynt unwaith eto, aeth i sbecian dros ymyl y graig fu'n lletu iddo dros nos.

Arweiniai'r llwybr i lawr ochr bryn i ddyffryn toreithiog, llydan. Yng nghwr y dyffryn ymlusg-ai afon lydan yn ddiog drwy'r paith. Chwiban-odd Nic yn isel pan welodd y pebyll lliwgar, crynion draw yn y pellter, a'r mwg yn codi'n araf o'r tanau oedd o'u hamgylch.

Roedd y Cheyenne wedi codi o'i flaen, eu ceffylau hanner gwyllt yn pori yma ac acw hyd y paith. Diolchodd Nic i'r drefn fod y gwynt yn chwythu tuag ato. Nid oedd arlliw o wyliwr yn unman a gwyddai Nic, wrth sylwi ar yr Indiaid yn y gwersyll islaw iddo, nad oedd neb yn amau iddo eu dilyn.

Rhwbiodd ei law ar ben Diafol ac eistedd yng nghysgod y graig unwaith eto i feddwl am y cam nesaf. Byddai'n fodlon rhoi'r byd am lond mwg o goffi poeth ond byddai cynnau tân yn arwain i drybini. Bodlonodd ar gegiad neu ddwy o ddŵr o'i botel ac yna, wedi plygu ei flanced a'i dodi ar y cyfrwy, arweiniodd Diafol tua'r llwybr.

Nid oedd dichon i neb o'r gwersyll ei weld gan fod digon o greigiau yma i'w guddio rhagddynt. Yn y dyffryn tyfai llwyni ceirios ymhob man a gollyngodd Nic ochenaid o ryddhad wrth deimlo daear y paith dan ei droed.

Roedd dŵr yr afon, a redai rhyngddo a'r gwersyll, yn oer a dwfn. Wedi i Diafol ei ddigoni ei hun, arweiniodd Nic ef i ganol llannerch o lwyni ceirios. Clymodd raff hir yn ei ben fel bod ganddo ddigon o le i bori a rhoddodd ben arall y tennyn yn sownd wrth fôn coeden. Yna aeth ati i dynnu ei gôt, ei het a'r esgidiau trymion a'u dodi'n fwndel taclus dan un o'r llwyni ac yna, heb oedi, plymiodd i ganol yr afon.

Daliodd ei anadl am eiliad wrth i oerni'r dŵr gau amdano cyn nofio'n gryf am yr ochr draw. Pan gododd ei ben dros y dorlan yr ochr arall yr oedd gwres yr haul i'w deimlo'n gynnes ar ei gefn. Wedi aros am ennyd a gadael i'r dŵr ddiferu oddi wrtho, aeth tua'r gwersyll o lwyn i lwyn. O'i flaen gwelai babell y pennaeth a thua dwsin neu fwy o ddewrion yn eistedd o'i blaen yn hanner cylch.

Ymgripiodd Nic drwy'r glaswellt hir nes teimlo brigau a dail llwyn celyn a cheirios y paith yn cau'n gyfeillgar amdano. Roedd yn ddigon agos i'w clywed yn siarad yn awr ond nid oedd y sgwrs o ddim diddordeb iddo.

Astudiodd Nic y pennaeth yn ofalus a gobeithiai yn ei galon na fyddai'n rhaid iddo byth ddod i wrthdrawiad â'r cawr. Roedd yn bopeth a ddylai pennaeth y Cheyenne fod, yn nhyb Nic. Dyn balch, tal, ei lygaid fel llygaid barcut a'r gewynnau ym môn ei fraich yn sgleinio yn yr haul. Nid oedd yn hawdd penderfynu ei oed gan fod lliwiau'r enfys wedi eu peintio hyd ei wyneb. Wedi blynyddoedd o fyw yn awyr agored y paith, yr oedd ei groen wedi crasu ac edrychai yn galed fel croen eliffant. Pan gododd ar ei draed, safai gryn droedfedd yn uwch na'r dewrion eraill a phan siaradai roedd yr awdurdod yn ei lais yn ddigon i beri i'r lleill ufuddhau i'w orchymyn heb oedi yr un eiliad.

Carlamodd calon Nic yn wyllt pan welodd y dyn dieithr yn codi ar ei draed. Bu mor ddiwyd yn gwylio pennaeth y Cheyenne fel na sylwodd ar hwn ynghanol y criw.

Dyn gwyn, meddyliodd, ei galon yn llamu i'w wddf. Ond na, nid ei frawd colledig ydoedd, gan fod hwn yn ddigon hen i fod yn dad i Nic, os nad yn daid.

Un o'r dynion rhyfedd a fu'n crwydro'r paith ar hyd eu hoes ydoedd, meddyliodd Nic. Dyn heb gartref yn y byd, un ac enw gwahanol ganddo ymhob gwersyll. Syllodd Nic yn hir ar y corff bychan eiddil, y dillad cartre o groen carw gwyllt, y gyllell hir a hongiai wrth ei wregys a'r het o groen neidr stwrllyd. Roedd y farf a hongiai wrth ên y creadur rhyfedd yn felyn ar ôl iddo gnoi baco du am flynyddoedd.

Ymwthiodd Nic ymhellach i'r brigau trwchus i wrando arno'n siarad â phennaeth y Cheyenne.

"Mae Siôn Eryr yn ddiolchgar iawn i Llygad y Daran am ei dderbyn i'w wersyll unwaith eto," meddai, yn rhyw hanner ymgrymu o flaen y pennaeth.

Nid atebodd Llygad y Daran ond rhoddodd arwydd i ddau o'i ddewrion. Aethant hwythau i babell gyfagos a dod yn ôl yn llwythog o grwyn anifeiliaid.

Chwarddodd Nic yn isel. Masnachwr crwyn, meddyliodd. Nid oedd rhyfedd bod y dyn yn cael y fath groeso gan y Cheyenne. Os mai un balch oedd yr Indiad ac yn casáu'r dyn gwyn, nid oedd yn ffŵl o bell ffordd. Ac roedd Nic wedi cyfarfod â digon o hen fasnachwyr fel Siôn Eryr ar hyd a lled y gorllewin, dynion a gâi groeso ym mhob gwersyll Cheyenne i brynu crwyn yr anifeiliaid y bu'r Indiaid mor brysur yn eu hela.

Clymodd Siôn y crwyn yn fwndel taclus ar gefn mul bychan a ddilynai ei geffyl. Yna rhoddodd sach yn nwylo'r pennaeth. Agorodd Llygad y Daran enau'r sach yn ofalus ac edrych ynddi, yna gwenu mewn boddhad. Cyn i Nic fedru gweld ei chynnwys, amneidiodd y pennaeth ar ddau o'i ddewrion ac aethant â'r sach drom i un o'r pebyll o'i olwg.

Beth oedd yn y sach tybed? gofynnodd Nic iddo'i hun. Mwclis? Blancedi? Ynteu gynnau'r fyddin? Tybed ai'r creadur hwn oedd yn rhoi gynnau i'r Cheyenne?

Neidiodd Siôn Eryr ar ei geffyl cyn i Nic ddechrau pendroni rhagor a rhoddodd blwc sydyn yn y rhaff oedd wrth ben y mul. Aeth y tri o'r gwersyll yn hamddenol. Cerddai Llygad y Daran yn urddasol wrth ei ochr i'w ddanfon i'w ffordd, a daliodd Nic ei anadl wrth iddynt fynd heibio'r llwyn lle'r ymguddiai.

"Mi fydda i yma eto cyn pen yr wythnos," clywodd lais Siôn Eryr. "Mi ddof yma ar fy ffordd yn ôl o Ransh y Pedair Seren."

Yna aethant o olwg Nic ac o'i glyw. Arhosodd yno ymysg y brigau am yn hir, yn gwylio'r Cheyenne yn mynd yn ôl ac ymlaen wrth gwbl-hau eu gorchwylion am y bore. Pan deimlai ei bod yn ddiogel, ymgripiodd yn ddistaw bach o'i guddfan a chan gadw llwyn celyn uchel rhyngddo a'r gwersyll, aeth tua'r afon ar ei gwrcwd. Pan oedd tua chanllath o'r gwersyll cododd ar ei draed yn sydyn a gwibio fel mellten am y dŵr llonydd.

Daeth y waedd gyntaf o'i ôl pan oedd yn plymio i'r dŵr. Nofiodd ynghynt nag erioed o'r blaen a chleciadau'r gynnau yn ei fyddaru. Dan y dŵr ag ef a'r bwledi'n chwibanu o'i gwmpas nes bod dŵr yr afon yn berwi fel petai cawod o genllysg yn ei chwipio. Pan oedd ei ysgyfaint yn gweiddi'n boenus am aer, nofiodd i'r wyneb. Roedd y dorlan o fewn cyrraedd ei law yn barod. Wedi cael y tir sych dan ei draed unwaith yn rhagor, rhedodd yn igam-ogam tua'r llannerch lle yr oedd Diafol yn tynnu'n wyllt yn ei raff, ei lygaid yn llydan agored mewn ofn, wrth iddo glywed sŵn y saethu.

Rhuthrodd Nic am ei ddillad a'i esgidiau a neidio i'r cyfrwy gan dorri'r rhaff â'i gyllell. Eiliad arall a byddai'n rhy hwyr. Roedd rhai o'r Cheyenne yn barod yn yr afon a'r gweddill yn neidio ar eu ceffylau. Sbardunodd Nic ei geffyl yn ddidrugaredd a gwyrodd dros ei fwng wrth i'r bwledi wibio drwy'r awyr. Gwyddai Diafol i'r dim pan fyddai perygl yn agos, a gwibiodd i gysgod y bryniau, ei gynffon a'i fwng yn chwifio yn y gwynt.

Tua chanol y bore, pan oedd yr haul yn uchel yn yr wybren a'r bryniau gleision ymhell o'i ôl ar y gorwel, y penderfynodd Nic ei bod yn ddiogel iddo neidio o'r cyfrwy. Craffodd i'r tes ar hyd y paith ond nid oedd golwg o neb yn ei ddilyn, ac yna tynnodd y cyfrwy oddi ar gefn Diafol a rhwbio ei gefn â'i law, y chwys yn sychu yn ager ar ei gôt winau, a'i anadl yn boenus o lafurus. Gadawodd Nic iddo bori ychydig ar y paith ac aeth yntau ati i roi ei esgidiau am ei draed a gweddill ei ddillad amdano.

Roedd gwres yr haul a'r rhuthro gwyllt ar hyd y paith wedi sychu ei grys a'i drowsus yn barod. Yna chwiliodd am ychydig briciau, gan feddwl cynnau tân i ferwi dŵr ond nid oedd tamaid yn unman ac am yr ail dro y bore hwnnw rhaid oedd iddo fodloni ar lymaid o ddŵr oer.

Wedi gwneud yn siŵr bod ei geffyl wedi dadflino, aeth Nic yn ôl i'w daith. Dilynodd yr haul i gyfeiriad Ransh y Pedair Seren, ac yn ôl yr hyn a gofiai am y wlad oddi amgylch, gwyddai y byddai'n daith ddiwrnod a hanner o leiaf. Ni fyddai llawer o frys ar Siôn Eryr, a chyda'r mul llwythog yn sownd wrth ei geffyl, digon araf fyddai ei daith.

Arhosodd Nic ar ganol y paith am eiliad a throi yn y cyfrwy i edrych o'i gwmpas, ac yna ar yr haul uwchben.

''Aros di am funud, 'rhen ffrind,'' meddai wrth ei geffyl. ''Mae'n rhaid inni gael gair â'r dyn crwyn yna cyn gynted ag y medrwn ni. Fedrwn ni ddim aros nes iddo gyrraedd y Ransh.

''Os awn ni yn ein blaenau at y coed sydd ar y gorwel, mi fyddwn ni ar draws ei lwybr o. Ac, os ydi o mor araf ac y creda i ei fod o, fydd o ddim yma hyd fachlud haul. A ble gwell i ddyn gysgodi'r nos nag ynghanol coed?''

Roedd meddwl am gael gwneud coffi eto, a blas y cig moch hallt yn barod ar ei weflau, yn sbardun i'w yrru yn gyflym tua'r goedwig fechan ar y gorwel. Ond ar wastadedd eang y paith tueddai meddwl dyn i anwybyddu pellter, ac erbyn i Nic gyrraedd y coed, a blannodd rhyw arloeswr i'w atgoffa am ei gartref yn yr Alban bell, roedd y cysgodion yn hir a'r awel yn fain wrth suo'r pîn uwchben.

Wedi chwilio am le cysgodol heb fod ymhell o'r llwybr, ac wedi tynnu'r cyfrwy oddi ar ei geffyl a gwneud yn siŵr bod digon o le iddo bori, aeth Nic ati i hel priciau sych.

Roedd y coffi'n ffrwtian ar y fflamau ac yntau wrthi'n ymwthio'r ffa a'r cig moch i'w geg fel pe bai heb fwyta ers dyddiau, pan glywodd sŵn carnau ar y llwybr. Dododd ei blât ar y llaid yn ofalus a gafael yn ei gyllell. Yna, rhoddodd hi'n ôl yn ei wregys pan welodd yr hen farsiandwr crwyn yn dod o gwmpas y tro yn y llwybr tuag ato.

"Rwyt ti'n llwythog iawn, gyfaill," gwenodd Nic mewn croeso.

Pwysodd Siôn Eryr ei gefn ar goeden braff i'w wylio.

"Roedd arogl y cig moch a'r ffa bach yna lond y goedwig ers meityn," meddai, ei lygaid yn pefrio, a'r dŵr yn rhedeg o'i ddannedd. "Doeddwn i ddim wedi sylweddoli fy mod i mor newynog."

"Wel mae digon i ddau yma," meddai Nic, yn codi mwy o'r badell ar ei blât, a'i gynnig i'r llall.

Cymerodd yntau'r plât yn ddiolchgar ac wedi sychu'r llwy yng ngodre ei gôt, eisteddodd wrth ymyl Nic o flaen y tân.

"Mae pwy bynnag sy'n estyn croeso i Siôn Eryr yn gwneud ffrind am ei oes," meddai, a'i geg yn llawn o'r cig moch. "O Ransh y Pedair Seren wyt ti?"

"Dim ond mynd heibio, dyna'r cwbl," atebodd Nic, yn codi ei ysgwyddau.

"Crwydryn y paith wyt ti," gwenodd y marsiandwr, yn ymestyn am y badell a thywallt gweddill y swper i'w blât. "Dyna ydw inna hefyd mewn gwirionedd. Dyn y paith. Y peth mwyaf atgas yn fy meddwl i ydi gorfod cysgu mewn gwely a tho uwch fy mhen. Rho'r ddaear galed dan fy mhen a'r awyr agored yn do i mi bob amser.''

Bu'r ddau'n ymgomio ac yn yfed coffi yn hir i'r nos. Ni ddywedai Nic fawr, dim ond agor ei geg i ateb y cwestiwn weithiau, ond siaradai Siôn Eryr fel melin bupur, yn ddi-baid. Bu'n crwydro'r wlad ar hyd ei oes, o ransh i ransh, o dref i dref, yn prynu a gwerthu pob math o nwyddau. Roedd yn ffrind mawr i'r Indiaid, i'r Cheyenne, i'r Navaho ymhell i'r de ac i'r Apache balch yn y gogledd.

''Welais i ddim byd o'i le yn y dyn coch erioed,'' meddai, yn taflu darn arall o bren ar y tân nes bod y gwreichion yn codi'n gawod eirias i ddiffodd yn y dail uwchben. ''Chefais i erioed drafferth efo nhw. Dim ond iti beidio eu twyllo, mi fydd yr Indiaid yn ffrindiau iti am dy oes.''

''Y Cheyenne?'' gofynnodd Nic, yn mynd yn nes at y fflamau i geisio cadw'n gynnes.

''Y Cheyenne,'' meddai'r llall yn synfyfyrio i'r tân. ''Ar y ffordd o wersyll y Cheyenne yr ydw i ar hyn o bryd. Mi fydda i yn dod y ffordd yma bob rhyw dair blynedd ac yn prynu crwyn ganddyn nhw, ac mi greda i fod gwell crwyn gan lwyth Llygad y Daran na neb yn y gorllewin yma.''

Llygad y Daran! Yn ei feddwl medrai Nic weld y pennaeth balch yn ei wersyll unwaith eto.

Ond ni chymerodd arno fod yr enw yn golygu dim iddo a gofynnodd i'r llall, ''Does gin ti ddim ffasiwn beth â gwn Winchester yn y paciau yna?''

Arhosodd Siôn Eryr ar hanner brawddeg a chodi ar ei draed yn frysiog.

''Ffrind annwyl,'' meddai, yn mynd at ei geffyl, ''Pam na fyddet ti wedi dweud ynghynt?''

Ni fedrai Nic yn ei fyw weld pa wahaniaeth fyddai hynny wedi ei wneud.

''Chei di ddim gwell gwn na hwn tu allan i 'Frisco,'' meddai Siôn Eryr yn dod â'r Winchester iddo.

Pwysodd Nic y gwn yn ei ddwylo yn ofalus. Cododd ef at ei ysgwydd ac edrych ar hyd y faril. Yna edrychodd ar y carn a'r llall yn gwylio pob symudiad o'i eiddo. Teimlai Nic yn siomedig braidd wrth sylweddoli nad gwn wedi ei ddwyn oddi ar y fyddin ydoedd. Cymerodd ei amser i'w astudio'n fanwl.

''Fydd dim edifar gen ti brynu gwn fel yna,'' meddai'r gwerthwr, yn dechrau anesmwytho wrth weld Nic mor hir cyn penderfynu. ''Mi fydd yn wn am dy oes iti. Can doler.''

Taflodd Nic y gwn ato fel pe bai'n boeth.

''Can doler? Y lleidr ceffylau,'' gwaeddodd mor chwyrn a sydyn fel y gollyngodd y llall y Winchester i'r llaid. ''Mi fedrwn i brynu dau ohonyn nhw am gan doler yn y Dre Hir. Os wyt ti'n medru twyllo'r Cheyenne, dwyt ti ddim yn mynd i fy nhwyllo i.''

''Wyth deg,'' meddai Siôn Eryr ar ei draws. ''Ac mi gei di lond bocs o fwledi am ddim.''

''Hanner cant,'' oedd cynnig Nic, ond ysgwyd ei ben wnaeth ei gyfaill newydd a chychwyn â'r gwn yn ôl am ei geffyl.

''Dim un geiniog yn llai na saith deg doler,'' meddai, yn sylweddoli'n sydyn na fedrai crwydryn fel Nic fforddio troedio'r paith heb wn. ''Os nad wyt ti am ei gael, mi fydd rhywun yn siŵr o'i brynu yn y Ransh, a hynny am gan doler.''

''Chwe deg o ddoleri,'' ebe Nic yn dechrau cloffi.

''A phump,'' gwenodd y llall, ''a thi fydd piau'r gwn.''

Taflodd Nic yr arian o'r pwrs wrth ei wregys a llygaid yr hen farsiandwr yn sgleinio fwy nag erioed, wrth iddo glywed sŵn y doleri arian yn ei glustiau.

Rholiodd y ddau eu hunain yn eu plancedi toc ac, wedi llwytho coed ar y tân, aethant yn ddistaw. Ond roedd cwsg ymhell o lygaid Nic.

''Oes yna ddyn gwyn yn byw efo'r Cheyenne?'' gofynnodd yn sydyn, ar ôl sylweddoli mai Siôn Eryr oedd yr unig un a fedrai ei helpu i ddod o hyd i'w frawd.

''Dyn gwyn? Be' wyt ti'n feddwl? Welais i erioed ddyn gwyn yn byw efo Indiaid.''

"Glywaist ti am y Cheyenne yn dwyn plant erioed?" meddai Nic.

"Lawer gwaith. Dwyn plant a cheffylau ydi pethau'r Cheyenne." Yna agorodd ei geg yn flinedig ac ychwanegu, "Wel, gyfaill annwyl, mae gin i daith hir o'm blaen yn y bore bach ac mae'n rhaid i hen grwydryn fel fi, hyd yn oed, gael ychydig o orffwys."

Yna meddyliodd yn ddwys am eiliad a chodi ar ei benelin ar y ddaear laith.

"Wyt ti wedi colli plentyn?" gofynnodd yn hollol effro.

Penderfynodd Nic fod yn rhaid iddo ymddiried yn yr hen ŵr os oedd am ofyn cymorth ganddo. Rhoddodd gic i'r tân a gwyliodd y fflamau'n neidio o'r coed wrth iddo ddechrau ar ei stori. Adroddodd y cwbl, o'r amser flynyddoedd maith yn ôl, pan aeth â'r gwartheg i Mr. Macdonald. Yr unig beth a adawodd allan o'i lith oedd ei hanes yn dilyn y Cheyenne i'w gwersyll y bore hwnnw.

Pennod 6

Bu distawrwydd hir ar ôl i Nic orffen ei stori, dim sŵn i'w glywed ond sŵn y coed yn clecian ar y tân a'r awel yn suo'r pîn uwchben, a'r ceffylau yn curo eu traed ar y ddaear galed yn awr ac yn y man.

"Roeddwn i'n dechrau meddwl bod gin ti fwy o ddiddordeb na'r cyffredin yn y dyn coch yna," meddai Siôn Eryr toc, "Ac mi fuost yn ddigon ffôl i adael iddyn nhw ddwyn dy wn di?"

"Twt, twt," ychwanegodd a rhyw fymryn o gerydd yn ei lais. "Fyddi di ddim yma'n hir os wyt ti'n mynd i adael i ddau Cheyenne wneud ffŵl ohonat ti mor hawdd."

Dechreuodd Nic golli ei dymer wrth weld y llall yn gwneud hwyl am ei ben ond ceisiodd gadw'r dig o'i lais wrth ofyn, "Yr hen geffyl pren yna yn yr hen furddun? Be ar y ddaear wnes i o'i le i gythryblu'r ddau gymaint?"

"Beth wnest ti o'i le?" chwarddodd yr hen ddyn nes bod eco ei lais yn diasbedain drwy'r goedwig dawel. "Deall di hyn, gyfaill annwyl, rwyt ti'n lwcus dros ben mai dy wn yn unig a gollaist ti. Mi fedrai'r dynion coch yna fod wedi dy saethu di yn hawdd . . ."

"Pam? Wnes i ddim byd iddyn nhw, ond . . ."

"Chlywaist ti ddim am allorau cysegredig y Cheyenne erioed? Eu hallorau i'w dewrion?"

gofynnodd Siôn. ''Chaiff neb ond y Cheyenne a'u duwiau droedio yno.''

''A deall di hyn, gyfaill,'' ychwanegodd, yn curo ei fron mewn gorchest, ''rwyt ti'n wynebu un sydd wedi byw fisoedd efo'r Cheyenne. Mi wn i sut mae'r dyn coch yna yn ymddwyn. Mi fedra i ddweud beth sy'n mynd drwy ei feddwl o, wrth edrych i'w lygaid o. Tegan oedd gan dy frawd bach yn ei grud oedd y ceffyl yna ddywedaist ti?''

''Ie.''

''Mi wela i'n syth beth sydd wedi digwydd. Pan mae un o'r Cheyenne yn dod i oed ac yn dangos ei hun yn wrol o flaen y llwyth, maen nhw yn gwneud allor fechan iddo, ac o'r dydd hwnnw ymlaen yn ei alw yn ddewr. Mae o wedi profi ei hun yn Cheyenne o flaen y duwiau ac mae'n cael lle cysegredig iddo'i hun, lle iddo i fynd yno pan mae rhywbeth yn ei boeni, lle y caiff heddwch i siarad â'i dduwiau . . .''

''Fy mrawd i?'' gofynnodd Nic mewn penbleth.

''Heb amheuaeth,'' atebodd y llall, ''mae dy frawd yn un o ddewrion y llwyth bellach. Ble gwell i wneud allor iddo nag yn y fan lle'i ganwyd?''

''Felly mae o yn fyw o hyd?''

''Wrth gwrs ei fod o. Mae'r Cheyenne yn dwyn pob plentyn i fyny i fod yn aelod cyflawn o'r llwyth.''

''Ond aros di, llanc,'' ychwanegodd, wrth

weld Nic yn codi'n frysiog ac yn plygu ei blanced a hel ei daclau at ei gilydd. ''Dwyt ti ddim yn meddwl mynd i chwilio amdano, wyt ti?''

''Wrth gwrs fy mod i.''

''Gadael iddo lle mae o fyddai orau iti,'' oedd cyngor yr hen ŵr. ''Mi fydd pawb yn hapusach felly.''

''Ond mae o yn frawd imi,'' torrodd Nic ar ei draws. ''Dwyt ti ddim yn deall.''

''Rydw i'n deall llawer mwy na thi, gyfaill. Faint sydd ers pan gipiwyd dy frawd gan yr Indiaid yna? Ugain mlynedd? Mae o yn un ohonyn nhw erbyn hyn. Cheyenne ydi o, a Cheyenne fydd o tra bydd byw bellach. Mae ei groen wedi crasu'n goch dan haul llawer haf, a ŵyr o ddim byd am fywyd y dyn gwyn. Os wyt ti'n gall, gadael llonydd iddo fo ydi'r peth gorau iti ei wneud.''

Eisteddodd Nic i lawr unwaith eto a chuddio ei wyneb yn ei ddwylo mewn llwyr anobaith.

''Fedra i ddim gadael pethau fel y maen nhw,'' ochneidiodd yn isel. ''Rydw i wedi teithio milltiroedd yn barod i chwilio amdano.''

''Be' wyt ti am wneud?''

''Mynd at y Cheyenne i chwilio amdano fo . . .''

Chwarddodd Siôn Eryr eto wrth ddynwared Nic.

''Mynd at y Cheyenne i chwilio amdano ie?'' meddai. ''Cerdded i'r gwersyll yn gawr i gyd a dweud yn neis wrth Llygad y Daran. 'Rydw i wedi dod yma i nôl un o'ch dewrion chi. Un o'r dynion gwyn ydi o ac mae o yn dod adra efo mi.' Dyna wyt ti am wneud? Fyddai waeth iti roi dy ben yn y tân yna ddim, 'rhen gyfaill. Byddai hynny yn beth llai poenus o lawer, na mynd i wersyll y Cheyenne.''

''Ond be' arall fedra i ei wneud?'' gofynnodd Nic yn ddigalon.

Ni ddywedodd y llall air am ychydig. Dechreuodd fwmian canu yn ei wddf yn rhywle ac ni fedrai yn ei fyw gael sŵn y doleri arian oedd wrth wregys Nic o'i glustiau.

''I beth mae ffrind yn dda os nad ydi o yn fodlon helpu rhywun,'' meddai toc, fel pe bai newydd ddod i benderfyniad. ''Pwy'n well na Siôn Eryr i fynd at y Cheyenne?''

Daeth golau gobaith i lygaid Nic.

''Wyt ti'n fodlon fy helpu?'' gofynnodd.

''Wrth gwrs. Mi wna i unrhyw beth i'm ffrindiau. Mae gen i fwy o fusnes gyda'r Cheyenne yna ac mi wna i holi un neu ddau ohonyn nhw i edrych beth sydd ganddyn nhw i'w ddweud. Ond mi fydd yn waith anodd cofia, a dim ychydig o berygl fydda i'n ei wynebu ychwaith.''

Ysgydwodd Nic ddwy law Siôn mewn diolchgarwch.

''Mi fydda i mewn dyled iti am fy oes am hyn,'' meddai.

''Mae yna un peth arall wrth gwrs,'' ebe'r hen farsiandwr crwyn yn slei, gan edrych i'r tân.

"Bydd raid imi ofyn iti dalu . . ."

"Talu?"

"Dwyt ti ddim yn adnabod y Cheyenne yn nac wyt? Un garw am y geiniog ydi o cofia."

"Faint?" gofynnodd Nic.

"Faint sydd gen ti?" ebe'r llall heb oedi. "Mi fydd y pris yn uchel. Ac . . . ym . . . wel . . . mi fydd raid i minnau ofyn rhywbeth am fy nhrafferth. Mae'n golygu fy mod i'n gwastraffu amser prin yn mynd yn ôl i wersyll y Cheyenne."

A thithau wedi addo mynd yno i brynu mwy o grwyn, y cnaf digywilydd, meddai Nic wrtho'i hunan.

Edrychodd yn gas ar yr hen ŵr am eiliad. Yna tynnodd y pwrs o'i wregys a gwagio'r arian ar y llawr o'i flaen. Gwyliai'r llall bob symudiad o'i eiddo wrth iddo eu cyfrif yn ofalus.

"Chwe deg o ddoleri," meddai Nic toc, yn hel yr arian yn ôl i'r pwrs.

"Dim llawer," oedd ateb swta Siôn Eryr. "Hynny sydd gen ti?"

"Faint wyt ti'n ddisgwyl i grwydryn fel fi gael?" ebe Nic yn flin.

"Mi wnaiff y tro debyg," atebodd ei gyfaill ar ôl meddwl yn ddwys am funud. "Ugain doler i mi am fy nhrafferth ac mi gei di wybod eto faint fydd ar y Cheyenne ei angen."

Daliodd ei law allan am yr arian ond rhoddi'r pwrs yn ôl yn saff yn ei wregys wnaeth Nic.

"Ar ôl iti wneud dy waith y byddaf yn talu iti," meddai'n ddistaw.

Gwyddai Siôn Eryr nad oedd gwerth iddo ddadlau rhagor ac ymsythodd, gan rwbio ei ddwylo yn ei gilydd. Yr oedd y ddau wedi siarad drwy'r nos ac o'u cwmpas gorweddai gwlith y bore bach yn drwm ar y glaswellt.

"Waeth inni heb â thrio mynd i gysgu bellach," ebe Siôn, yn rhoddi mwy o ddŵr ar y tân a thaflu peth o goffi Nic i'r tegell ar ei ôl.

Cyn hir roedd arogl brecwast hyfryd yn llenwi'r goedwig. Ond teimlai Nic yn rhy gyn-hyrfus o lawer i fwyta y bore hwnnw. Yfodd lond mwg o goffi tra oedd yn gwylio'r llall yn llawcio gweddill y ffa bach a'r cig moch hallt. Yna aeth i helpu'r hen ddyn i ailgodi'r llwyth crwyn a gweddill ei daclau ar y mul.

"Mi fydda i yn ôl fan hyn bore yfory ar godiad haul," oedd ei eiriau olaf cyn diflannu o gwmpas y tro yn y llwybr, "a gobeithio'n arw y bydd gen i newydd da i ti."

Y diwrnod hwnnw fu'r diwrnod hiraf yn holl fywyd Nic. Cerddai yn ôl a blaen o flaen tân ei wersyll yn ddi-baid. Ceisiodd gysgu ond, er iddo fod ar ddi-hun drwy'r nos flaenorol, yr oedd cwsg mor bell o'i amrannau ag erioed. Aeth i gwr y goedwig ugeiniau o weithiau a syllu ar draws y paith, gan obeithio gweld yr hen ddyn yn dychwelyd. Ond nid oedd neb yn unman, dim i'w weld ond ambell fultur yn gwledda'n farus ar ysgerbwd rhyw fuwch neu geffyl.

Erbyn canol y prynhawn roedd bron â syrthio o eisiau bwyd. Doedd dim ar ôl yn y sach gyfrwy wedi i Siôn Eryr ddigoni ei hunan ac nid oedd y ceirios bach gwynion a dyfai ar y llwyni yn y gwersyll yn ddigon i'w ddiwallu'n llwyr. Pan fachludodd yr haul a thywallt tywyllwch dudew dros y coed, rhwymodd y blanced yn dynn amdano, wedi gorwedd wrth y tân a sicrhau bod y gwn newydd wrth ei law, a syrthio i gwsg digon anesmwyth.

Deffrodd Nic yn sydyn pan deimlodd flaen troed yn ymwthio i'w ochr.

"Petawn i'n digwydd bod yn un o'r Cheyenne yna," ebe llais Siôn Eryr uwch ei ben, "mi fyddwn i wedi medru dwyn dy wn di am yr ail dro, fel dwyn tegan oddi ar blentyn bach."

Roedd Nic yn hollol effro ar amrantiad a neidiodd ar ei draed.

"Lwyddaist ti?" gofynnodd yn wyllt. "Welaist ti fy mrawd?"

"Pwyll," meddai'r llall yn araf, yn mynd at y tân a'i brocio â'i droed, ond nid oedd dim ar ôl ond marwydos llwyd, oer. "Mi fydd yn rhaid iti dalu."

"Mi wn hynny," ebe Nic yn ddiamynedd. "Be' ddigwyddodd yn y gwersyll?"

Wedi tynnu lwmp o faco du, caled o'i boced, brathu tamaid ohono a'i gnoi'n hamddenol am ychydig, meddai Siôn yn ddistaw, gan edrych o'i ôl fel pe bai arno ofn gweld rhywun wedi ei ddilyn ac yn ei wylio, "Mi oedd yn waith anodd cofia, ac yn beryglus dros ben. Ond mae un o'r dewrion yn fodlon siarad â thi . . ."

"Ble mae o?" gwaeddodd Nic, yn gafael yn ysgwyddau'r llall a'i ysgwyd.

"Dal di dy wynt, 'rhen gyfaill," meddai Siôn Eryr, heb gynhyrfu dim. Aeth ati i ailgynnau'r tân ac wedi gweld nad oedd mwy o fwyd yn sach gyfrwy Nic tynnodd ddau ddarn o gig eidion wedi ei sychu o'i sach ei hun a'u taflu i'r badell.

"Mae un o'r dewrion yna, o'r enw Llwynog Du, yn gwybod hynt dy frawd," meddai, "ac yn fodlon mynd â thi ato os wyt ti am dalu digon iddo . . ."

"Faint?" gofynnodd Nic ar ei draws, ac eto gwyddai yn ei galon beth fyddai ateb yr hen ŵr.

"Deugain doler," meddai'r hen farsiandwr yn slei. "Mi af i â'r arian ato fo."

"Deugain doler," meddai Nic fel eco. "Roeddwn i'n meddwl."

Rhoddodd Siôn dro ar y cig eidion. "Roeddwn i'n dweud wrthat ti y byddai'n ddrud," atebodd.

Trodd Nic ei gefn arno i agor y pwrs unwaith eto a chyfri'r arian am yr ail dro. Ugain i Siôn Eryr a deugain i'r Cheyenne. Fyddai dim ar ôl wedyn.

"Mi af i â'r arian iddo," ebe'r hen ŵr eto, yn ymestyn ei law yn farus. "Ac ugain i minnau. Dyna oedd y cytundeb os yr ydw i'n cofio'n iawn."

"Os oes rhywun yn talu i'r Indiad, fi fydd hwnnw," meddai Nic, yn lluchio'r ugain doler i'w gyfeiriad. "Diolch iti am dy drafferth."

Ond druan o Nic. Roedd Siôn Eryr wedi byw gormod ar y paith i adael i arian fynd o'i afael mor rhwydd â hyn.

"Mae'r Llwynog Du yn gwrthod dod i dy gyfarfod heb gael ei arian yn gyntaf," meddai wrth Nic. "A chofia di," ychwanegodd, yn pwyntio â'i gyllell i danlinellu pob gair, "Fi sy'n gwybod ble y cei di afael arno fo, fi a neb arall. Be' wyt ti am wneud?"

Gwyddai Nic yn iawn ei fod wedi ei orchfygu. Syllodd yn hir i'r tân ac yna ochneidiodd a thaflu'r pwrs i ddwylo parod y llall.

"Mae'n dda gin i weld fod gin ti ychydig o synnwyr," oedd geiriau nesaf Siôn Eryr, yn cuddio'r arian yn ei wregys. "Nawr, gwrando di'n astud arna i. Taith hanner diwrnod ar draws y paith, yn groes i godiad haul, mae hen furddun mewn llannerch o goed. Paid â phoeni, does dim allor gysegredig y Cheyenne yn fan honno. Ar godiad y lleuad ymhen dwy noson rhaid iti fod yno. Bydd dy siwrnai di ar ben."

"Ac os wyt ti yn dweud celwydd ac yn fy nhwyllo i," oedd ateb Nic, "mi fydda i yn dod o hyd iti pe byddai'n rhaid imi deithio o un pen i'r wlad yma i'r pen arall. Wyt ti'n deall?"

Ond yr unig beth a wnaeth Siôn Eryr oedd hel ei bethau ynghyd ac ailgychwyn ar ei daith. I ble? Ni wyddai neb ond ef ei hun.

Pennod 7

Ymhell cyn i'r lleuad godi ymhen dwy noson yr oedd Nic yn sefyll yng nghysgod yr hen furddun ar y paith, yn gwylio a gwrando'n astud, ei wn yn dynn yn ei law. Nid oedd y murddun yn annhebyg i'w gartref ond ei fod yn fwy, a'r tywydd ac amser wedi ei ddinistrio yn hytrach na thân. Ni fedrai Nic gadw'r cryndod o'i ddwylo wrth aros yno, ei galon yn curo fel gordd yn ei wddf wrth iddo graffu i'r gwyll.

Ond pan gododd y lleuad, daeth y Llwynog Du heb iddo ei weld a heb i Diafol ei glywed na'i synhwyro. Llwybreiddiodd y Cheyenne o dywyllwch y paith, cyn ddistawed â chath ar ôl llygoden. Yr arwydd cyntaf a gafodd Nic ei fod wedi cyrraedd oedd teimlo ei anadl ar ei war, y fraich yn cwmpasu ei wddf a blaen y gyllell finiog yn pigo'i foch.

''Y gwn yna i mi os wyt ti am weld yr haul yn codi yn y bore,'' ebe'r Llwynog Du yn ddistaw, ac wedi iddo ei gael, rhoddodd bwniad i Nic oddi wrtho a sefyll i'w wynebu gan ddal y gwn o'i flaen.

''Dydw i ddim yn trystio'r dyn gwyn,'' meddai'n dawel, ei lygaid yn gwylio Nic fel llygaid barcut.

Gwyliodd Nic yntau hefyd. Roedd yr Indiad ychydig yn iau nag ef ac, er bod y gwn yn ei law yn awr, ni fedrai guddio yr ofn oedd yn ei lygaid.

"Arian yn gyntaf," cyfarthodd y Cheyenne. "Rhaid imi frysio."

Edrychodd Nic yn hurt arno am eiliad ac yna gwawriodd arno fod yr hen Siôn Eryr wedi ei dwyllo. Bu yntau'n ddall i ymadael â'i arian fel y gwnaeth, heb ddadlau mwy. Dim ond ffŵl fyddai'n rhoi ei arian i grwydryn dieithr o'r paith. Meddyliodd am egluro i'r Cheyenne, ond pan welodd wyneb chwyrn hwnnw o'i flaen, gwyddai nad oedd gobaith iddo ei goelio.

"Y gwn yna," meddai Nic toc. 'Mi gei di'r gwn yna. Does yna'r un gwn cystal yn y wlad yma."

"Gwn," ebychodd yr Indiad yn ddirmygus. "Mae tafod y dyn gwyn yn ffals. Mae wedi addo ugain doler i'r Llwynog Du. Dydi'r gwn ddim gwerth ugain."

Dwyt tithau'n ddim ond twyllwr chwaith, meddyliodd Nic. Yna bu bron iddo â chwerthin yn uchel wrth feddwl am ddigywilydd-dra yr hen farchnatwr crwyn yn cynnig ugain doler i'r Cheyenne ac, wedi cael ugain dros ben, yn cadw'r cwbl iddo'i hun.

Yna sobrodd wrth iddo wylio'r Indiad yn chwarae â'r gwn.

"Fedr y Cheyenne ddim prynu gwn fel yna am ugain doler," meddai. "Byddai'n costio deugain i'r Cheyenne."

"Y dyn gwyn, fy mrawd i," ychwanegodd yn frysiog, yn gweld ei gyfle tra oedd yr Indiad yn addoli'r erfyn.

"Mae'n frawd i'r Cheyenne," gwaeddodd y llall. "Dydi o ddim yn frawd i'r dyn gwyn. Does yr un Cheyenne yn frawd i'r dyn gwyn."

"Ond rwyt ti'n fodlon mynd â mi i'w gyfarfod?"

"Mae'r Llwynog Du yn fodlon mynd . . ."

Rhuthrodd ei ddwy law am ei ysgwydd cyn i eco'r glec farw ym muriau'r hen furddun, a gwaeddodd mewn poen. Yna llithrodd i'r llawr yn araf a dechrau griddfan yn isel. Safai tua hanner dwsin o ddewrion y Cheyenne o'u cwmpas, a gwn yn mygu yn llaw un ohonynt.

Teimlai Nic ei wyneb yn gwelwi wrth iddo weld y Llwynog Du yn mynd ar ei liniau o'u blaenau i ymbilio.

"Calon merch sydd gan y Llwynog Du," ebe'r un â'r gwn. "Mae ei dafod yr un mor ffals â thafod y dyn gwyn."

Ymbiliodd yr Indiad yn daer am faddeuant ond roedd cosb y Cheyenne yn sydyn ac yn frwnt. Llusgwyd y Llwynog Du ar ei draed yn giaidd gan ddau o'r dewrion a dedfrydwyd ef gan ddynion ei lwyth yn y fan.

"O'r funud hon," llafarganodd yr un a ddaliai'r gwn, "bydd y Llwynog Du fel ci gwyllt y paith. Am ddwyn anfri ar ei lwyth nid yw yn Cheyenne mwyach. Rwyt ti'n alltud o'r llwyth, y fultur. O'th flaen mae'r paith agored. Rhed iddo ac os byddi di'n aros eiliad, bydd holl lwyth y Cheyenne yn dy erlid."

Yna anwybyddwyd ef yn llwyr gan y dewrion.

Dechreuodd yntau ymbil a chrefu am faddeuant ond nid oedd yr un o'i frodyr yn edrych nac yn gwrando arno. Yn benisel aeth y Llwynog Du allan o'r hen adeilad, a diflannu i dywyllwch y paith, bellach yn alltud o'r llwyth, i grwydro'r wlad heb ffrind yn y byd, i fyw fel anifail gwyllt yn ymladd am ei fwyd.

Wedi iddo fynd, gafaelwyd yn frwnt yn Nic a buan iawn roedd ei ddwylo wedi eu clymu'n dynn y tu ôl i'w gefn. Codwyd ef i'w gyfrwy ac aeth pawb tua'r gwersyll, y dewrion yn mân siarad â'i gilydd ar hyd y daith. Taflwyd Nic i babell foel wedi cyrraedd ac yno y bu hyd ganol y prynhawn, y llinyn o groen byffalo yn brathu i'w arddyrnau nes peri iddo weiddi mewn poen weithiau. O'i flaen, drwy gydol yr amser, safai un o'r dewrion i'w wylio. Safai fel lwmp o farmor, heb symud yr un gewyn ac nid atebodd pan geisiodd Nic siarad ag ef. Yna, wedi iddo fod yn eistedd yno am oriau, daeth dau arall i'w gyrchu i babell y pennaeth.

Eisteddai'r dewrion yn hanner cylch o'i gwmpas, Llygad y Daran yn y canol, yn urddasol a balch yn ei blu, a'r paent yn drwch ar ei wyneb. Sylwodd Nic fod y ddau Indiad a'i daliodd wrth ei hen gartref yno hefyd a rhyw hanner dwsin o hen ddynion, doeth yr olwg, ond nid oedd trugaredd o gwbl yn eu llygaid pŵl.

Nid oedd angen dweud wrth Nic ei fod ar brawf am ei fywyd. Byddai mwy o obaith iddo ddod yn rhydd o flaen yr hen farnwr teithiol yn y

Dre Hir nag o flaen y giwed hon. Wrth wylio'r atgasedd yn eu llygaid, penderfynodd Nic mai ei unig obaith oedd dweud ei hanes wrthynt heb gelu dim. Teimlai'n benysgafn wrth i'r rhaff dorri i'w gnawd fwyfwy, ond medrodd gael digon o nerth i orffen ei stori.

Gwrandawodd y dewrion arno'n ddistaw. Wedi iddo orffen, cododd Llygad y Daran yn araf a cherdded tuag ato. Yna, heb arwydd o gwbl, cododd ei law dde a thrawodd Nic ar ochr ei wyneb â chledr galed nes y teimlai bron â llewygu.

"Mae'r dyn gwyn yn gelwyddgi noeth," ebe'r pennaeth, yn eistedd eto. "Bydd y Cheyenne yn torri tafod ffals o geg celwyddgi a'i daflu i'r blaidd gwyllt."

Teimlai Nic y chwys yn rhedeg yn oer i lawr asgwrn ei gefn wrth iddo syllu ar y gyllell finiog yng ngwregys Llygad y Daran. Roedd pob llygad ar y pennaeth balch yn awr wrth iddo ailgodi ar ei draed i siarad.

"Nid anifail gwyllt y paith yw'r Cheyenne," meddai, a'i lygaid yn melltennu. "Nid yw'r Cheyenne yn gadael y cywion i farw yn y nyth fel yr eryr drwg neu'r dyn gwyn. Mae'r dyn gwyn yn lladd ei frawd a'r dyn coch yn caru ei frawd. Ond nid yw Llygad y Daran yn ddigon doeth a chall i siarad am yr hyn ddigwyddodd lawer machlud yn ôl ymhell ar y paith."

Amneidiodd ar un arall o'r criw, hen Indiad

a'i groen melyn wedi crebachu gan henaint, ond â'i lygaid mor fywiog a gwyllt ag erioed.

"Mae'r hwn a elwir yn Garw Gwyn yn hen ac felly'n ddoeth," eglurodd Llygad y Daran. "Mae'n cofio'r mwg yn codi ar y paith a'r plant yn wylo wrth i'r dyn gwyn ladd ei frawd."

Cododd yr hen Indiad ar ei draed yn ddigon simsan ac aeth i sefyll o flaen Nic.

"Mae cof y Carw Gwyn yn pallu yn niwl y blynyddoedd," meddai, "Ond mae'n cofio'r bore lawer machlud yn ôl pan roddodd y dyn gwyn dŷ ei frawd ar y paith ar dân, a phan ddaeth y Cheyenne roedd un bachgen bach ar ôl. Roedd calon y Cheyenne yn gwaedu a daeth â'r plentyn yn ôl i'w wersyll i'w fwydo gan y merched . . ."

"Yna roeddwn i'n iawn," llefodd Nic ar ei draws. "Mae fy mrawd yma wedi'r cwbl."

Syrthiodd cledr llaw un o'r dewrion ar draws ei wyneb eto i'w ddistewi.

"Brawd y Cheyenne yw yn awr," ebe Llygad y Daran gan roi arwydd i'r hen Indiad eistedd. "A does yr un Cheyenne yn frawd i'r dyn gwyn."

Dechreuodd Nic brotestio'n hallt ond cydiwyd ynddo gan ddau o'r dewrion a'i godi ar ei draed yn frwnt.

"Ewch ag o i babell y drwgweithredwyr," oedd gorchymyn y pennaeth, heb gymaint ag edrych ar Nic druan. "Yn y bore caiff fulturiaid a chŵn gwyllt y paith ddelio ag ef."

"Ond mae o yn frawd i minnau," gwaeddodd Nic yn wyllt wrth iddynt ei lusgo allan o'r babell ac yn ôl i'r un foel. Nid oedd yr un darn o ddodrefn ynddi, dim ond y polyn praff a'i daliai i fyny.

Rhoddwyd Nic i eistedd â'i gefn ar y polyn a chlymwyd ef yn dynn wrtho. Erbyn hyn yr oedd yn nosi a daliai un o'r dewrion ffagl i oleuo'r ffordd. Ond wedi iddynt wneud yn siŵr nad oedd modd iddo ddianc, diffoddwyd y ffagl ac aeth pawb allan a gadael Nic yno ei hunan.

Bu'n eistedd yno am oriau yn gwylio'r cysgodion yn dawnsio ar ochr y babell, wrth i'r tanau oddi allan yn y gwersyll fflamychu. Cyn hir diffoddodd y tanau hefyd gan adael Nic heb gwmni ond sŵn y nos o'i gwmpas. Ceisiodd ryddhau ei ddwylo ond yr oedd y Cheyenne yn hen gyfarwydd â chlymu carcharorion.

Aeth dros ddigwyddiadau'r dydd yn ei feddwl. Oedd y Cheyenne yn dweud y gwir am hanes llosgi'r tŷ ar y paith? Ni chlywodd erioed fod yr Indiad yn gelwyddgi ac nid oedd angen iddynt ddweud celwydd ychwaith, a hwythau yn feistri.

Ceisiodd gofio'r gorffennol ond roedd yn an-obeithiol. Ychydig a gofiai ef ei hun ond fe ddywedodd y siryf mai'r Cheyenne oedd yn gyfrifol am y llosgi a'r lladd. Eto nid oedd yn cofio i neb ddweud eu bod wedi gweld yr Indiaid ar y paith y bore hwnnw.

A beth oedd yn mynd i ddigwydd iddo ar ôl

codiad yr haul? Crynodd drwyddo wrth gofio geiriau olaf Llygad y Daran. Gwyddai i'r dim beth fyddai ei dynged ac yn awr nid oedd yr un dyn gwyn yn unman i'w helpu. Teimlai atgasedd a dig tuag at Siôn Eryr am ddod ag ef i'r fath helynt. Cafodd yr hen farchnatwr crwyn bob doler o'i eiddo, er na fyddai'r arian o unrhyw werth iddo ef yn awr. Tebyg i Siôn gael mwy o arian wedyn gan Llygad y Daran am fradychu y Llwynog Du. Ond nid oedd diben poeni am Siôn Eryr yn awr. Dylai yntau fod wedi bod yn gallach. Roedd wedi cyfarfod dynion fel Siôn o'r blaen.

Yn sydyn aeth Nic yn glustiau i gyd wrth glywed sŵn rhywun yn agor drws y babell. Craffodd i'r tywyllwch ond yr oedd pob man fel y fagddu. Clywodd rhywun yn anadlu'n drwm o'i flaen ac yna teimlodd y dwylo yn cyffwrdd â'i ddwylo ef, a llafn oer y gyllell yn chwilio am y rhaff. Eiliad arall ac roedd yn rhydd o'i rwymau. Rhwbiodd ei arddyrnau clwyfus ond daeth breichiau noethion, cryfion i gau amdano a llaw galed dros ei geg.

''Tro i'r chwith wrth ddrws y babell,'' meddai'r llais yn dawel wrth ei glust. ''Wedi mynd heibio'r seithfed babell, tro i'r dde a gadael y gwersyll. Rhyw hanner can cam o dy flaen mae llannerch o goed. Cer yno heb oedi.''

Nid arhosodd Nic ennyd. Agorodd ddrws y babell ac edrych allan. Roedd hi'n llwyd-dywyll a medrai weld y pebyll yn rhesi hirion yn erbyn llwydni'r awyr, ond nid oedd golwg o'r un Indiad yn unman. Aeth at y seithfed babell a throi i'r dde, ei galon yn ei wddf, a gwelodd y llannerch yn ddu o'i flaen. Yn awr aeth yn fwy gwyliadwrus, hyd nes clywed sŵn ceffyl yn gweryru wrth i Diafol ei adnabod.

Roedd ei geffyl yno wrth raff hir, y cyfrwy yn barod ar ei gefn a'r gwn newydd yn y wain. Doedd dim yn gwneud synnwyr i Nic bellach, a'i feddwl yn un gymysgfa o syniadau, wrth iddo godi ei hunan i'r cyfrwy yn ddistaw a chychwyn oddi yno.

Pennod 8

Pan ddaeth y bore ar ei warthaf, un nod yn unig oedd gan Nic, sef dod o hyd i'r gŵr a'i brad-ychodd a chael ei arian yn ôl. Ganol y bore cof-iodd nad oedd wedi bwyta ers oriau ac agorodd y sach gyfrwy er y gwyddai nad oedd yr un briw-sionyn ar ôl.

''Be' ar y ddaear?'' meddai'n uchel, yn tynnu tameidiau breision o gig byfflo wedi ei sychu o'r sgrepan.

Neidiodd oddi ar ei geffyl a sefyll yno yn crafu ei ben mewn penbleth ac yn methu'n lân â deall y dyn coch. Neithiwr roedd y Cheyenne yn ei gondemnio'n hallt ond heddiw yn mynd o'u ffordd i'w helpu. Tybed ai ei frawd a dorrodd ei rwymau? Ond eto nid oedd gwyliwr ar ei babell ac ni ddaeth neb i saethu ato wrth iddo ddianc o'r gwersyll, er fod carnau Diafol yn gwneud digon o sŵn i ddeffro'r meirw.

Ceisiodd anghofio'r cwbl wrth fwyta'r cig sych ac yfed llond y mwg o goffi chwilboeth. Yn awr teimlai'n llawer mwy parod i wynebu'r diwrnod newydd.

Cofiai iddo glywed Siôn Eryr yn dweud wrth bennaeth y Cheyenne ei fod ar ei ffordd i Ransh y Pedair Seren, ac am weddill y bore bu Nic yn crwydro'r paith. Cyn hir gwelodd yr o wartheg hirgorn ar y gorwel ac, wedi hanner awr o farch-

ogaeth gwyllt tuag atynt, gwenodd mewn bodd-
had o weld y marciau ar eu hochrau, marc y
Pedair Seren.

Wedi awr arall o deithio, gwelodd yr adeilad-
au ar y paith o'i flaen, y tŷ cerrig cadarn, y
stablau a'r corlannau gwartheg diddiwedd. Pan
arweiniodd ei geffyl tua'r tŷ, ni chymerodd yr
un o'r dynion, oedd yn brysur yn y corlannau,
fawr sylw ohono. Aeth yntau i sefyll a'i droed ar
un o reiliau'r gorlan i'w gwylio yn taflu lloi i'r
llawr cyn eu marcio â'r haearn poeth. Edrych-
odd un neu ddau o'r dynion i'w gyfeiriad ond ni
ddywedodd neb yr un gair wrtho.

''Rwy'n chwilio am ddyn sy'n mynd o
gwmpas yn prynu crwyn,'' meddai Nic toc wrth
y dyn agosaf ato.

''Welais i neb,'' atebodd hwnnw, heb dynnu
ei lygaid oddi ar ei waith.

''Gofyn i Lewis y fforman,'' ychwanegodd, yn
mynd ati i ymlafnio â llo trwm, gan ei daflu i'r
llwch.

''Lewis?''

''Wrth y ffynnon, fan acw,'' meddai'r dyn,
gan bwyso ei ben-glin ar ochr y llo i'w ddal yn
llonydd tra oedd un arall yn dod â'r haearn
marcio o'r tân.

Aeth Nic tua'r ffynnon a safai o flaen y tŷ, gan
dynnu Diafol ar ei ôl. Dyn bychan rhadlon, yn
drewi o arogl gwartheg oedd Lewis, ei het wen
enfawr yn cuddio'r rhan fwyaf o'i wyneb. Yfai'n
ddwfn o'r ffynnon wrth wrando ar gwestiwn

Nic. Yna, wedi sychu ei geg â llawes ei grys glas, meddai, ''Siôn Eryr ie? Be' mae o wedi ei wneud iti?''

''Dim byd. Dim ond fy mod i am gael gair neu ddau ag ef.''

Chwarddodd Lewis yn uchel a chododd gantel ei het er mwyn cael gweld Nic yn well. Sylwodd Nic fod ei dalcen yn wyn fel y galchen ar ôl i'r het ei gysgodi cyhyd rhag yr haul tanbaid, a gweddill ei wyneb yn fudr frown. Ni fedrai gadw rhag gwenu.

''Ydi o yma?'' gofynnodd.

Ysgwyd ei ben yn araf wnai'r llall.

''Mae o wedi bod, ac wedi mynd,'' meddai.

''Ond roedd yn dweud ei fod am aros wythnos o leiaf.''

''Pwy ŵyr sut mae meddwl dyn fel Siôn yn gweithio?'' atebodd Lewis, ac yna gostyngodd ei lais yn gyfrinachol wrth ychwanegu, ''Ond mae gen i syniad reit dda yn awr. Roeddwn i'n meddwl ei fod o ar andros o frys i fynd oddi yma. Dim amser ganddo i fwyta hyd yn oed, a phan mae Siôn Eryr yn gwrthod ei ginio mae rhyw-beth mawr o'i le. Ti oedd ar ei ôl yntê?''

Syllodd i fyw llygaid Nic. Ni ddywedodd Nic air ond gwyddai Lewis ei fod wedi taro ar y gwir.

''Beth wnaeth o iti?'' gofynnodd, ''Dy dwyllo di? Wyt ti ddim yn adnabod Siôn bellach?''

''Rydw i'n ddiarth y ffordd yma. Welais i erioed y cnaf hyd y dydd o'r blaen,'' atebodd Nic yn benisel.

Rhoddodd Lewis ei law ar ei ysgwydd yn gyfeillgar.

"Mi fyddi di yn ei adnabod y tro nesaf y gweli di o," gwenodd. "Nid ti ydi'r cyntaf i'r hen lwynog yna ei dwyllo, na'r olaf chwaith yn siŵr iti."

Teimlai Nic y gwrid yn codi i'w wyneb.

"I ble yr aeth o?" meddai'n wyllt, yn neidio i'r cyfrwy.

"Pwy a ŵyr i ble mae dyn fel yna yn mynd," ebe'r fforman, yn astudio dillad Nic. "Dyn gwartheg wyt ti?"

"Ie. Oes gennych chi unrhyw syniad i ble yr aeth o?"

"Y Dre Hir efallai," cododd y llall ei ysgwyddau, "rhyw ransh ar y paith yma, neu at y Cheyenne."

"Diolch."

Wrth iddo gychwyn oddi yno, rhuthrodd Lewis i ben ei geffyl i'w atal.

"Gwrando gyfaill," meddai, "os wyt ti'n meddwl mynd ar ei ôl, paid. Mae yna ormod o hen lwynog ynddo fo i adael i ti ei ddal. Mae llawer un gwell na thi wedi bod yn chwilio am Siôn Eryr ac wedi methu dod o hyd iddo, cofia."

Plygodd dros y ffynnon a chodi llond cwpan o ddŵr a'i gynnig i Nic. Yfodd yntau yn ddiolchgar.

"Mae gyr o wartheg yn mynd oddi yma i'r Dre Hir ymhen tri diwrnod," ebe Lewis yn slei wrth dderbyn y cwpan gwag. "Dwyt ti ddim yn digwydd bod yn chwilio am waith wyt ti? Mae angen mwy o ddynion arnom ni. Cei ddigon o fwyd ac mae'r Pedair Seren yn talu'n well na'r un ransh arall yn y cyffiniau yma.''

''Ac os mai i'r Dre Hir yr aeth y cnaf yna,'' ychwanegodd, ''mi fydd yn siŵr o fod yno yr wythnos nesaf iti, i roi ei grwyn ar y trên.''

Cofiodd Nic nad oedd ganddo yr un ddimai goch yn ei boced a phan ddaeth cogydd rhadlon o'r tŷ bwyta gyferbyn a chanu'r gloch a hongiai wrth y wal i alw'r dynion i'w swper, penderfynodd gyflogi i yrru'r gwartheg. Heb arian, a'r cig byfflo sych yn prysur ddarfod, nid oedd dim arall amdani ac efallai y byddai cyfle iddo gael gair ymhellach â Siôn Eryr wedi iddo gyrraedd pen y rheilffordd yn y Dre Hir.

Cannoedd o wartheg hirgorn, tewion yn tramwyo'r paith, eu carnau yn codi'r llaid yn gymylau o fwg a'u brefiadau, ynghyd â lleisiau'r dynion, yn ddigon i fyddaru pawb a phopeth. Doedd y gwaith o yrru gwartheg ddim yn newydd o bell ffordd i Nic. Wythnos gyfan o yrru ar draws y paith a rhwng y bryniau uchel tua'r dref. Nid oedd amser i feddwl am na brawd, na marsiandwr crwyn, na Cheyenne. Eisteddai yn y cyfrwy o godiad haul nes byddai cysgodion yr hwyr yn ei gwneud yn rhy dywyll i weithio.

Er ei fod yn gweithio'n galed, mwynhaodd Nic ei hun. Hoffai'r cwmni rhadlon o'r Pedair Seren. Marchogai yma ac acw ar draws y paith

dan yr haul tanbaid i hel y gwartheg crwydrol yn
ôl at weddill y gyr. Wythnos o chwilio dyfal am
ddŵr i ddisychedu'r da ydoedd, wythnos o
saethu at y cŵn gwyllt rhag iddynt ruthro a
dychryn y gwartheg, ac wythnos yn eu gwylio'n
teneuo ac yn cloffi ar y daith hir.

Cyn iddynt gyrraedd y Dre Hir roedd ysger-
bydau degau o wartheg yn gwynnu ar y paith.
Bob nos eisteddai'r dynion yn swrth o flaen tan-
llwyth o dân ar y ddaear laith ac arogleuon
hyfryd yn chwythu tuag atynt o'r wagen fwyd
gerllaw. Ond teimlai pawb yn rhy flinedig i
fwyta bron, a chyn hir cysgai pob un dan y sêr,
ei ben ar gyfrwy caled.

Ar y seithfed dydd gwelsant gorlannau
gwartheg y Dre Hir yn ymestyn ymhell i'r
paith. Tref fechan ydoedd gydag ychydig siopau,
tri salŵn a stablau enfawr. Tref arw, wyllt y
paith yn llawn o ddynion gwartheg o bob lliw a
llun, dynion yn mynd drwodd heb ddim ond un
amcan, sef gwario pob dimai o'r arian oedd yn
llosgi yn eu pocedi ar ôl dyddiau lawer o yrru
gwartheg.

Yr oedd yno swyddfa siryf, ysgol o bren a
chapel bychan. Ond bellach blinodd yr athrawes
oedrannus ar grwydro'r dref i chwilio am ei
phlant yn y corlannau, yr efail a'r stablau.
Daliai'r gweinidog i daranu o'i bulpud derw
ond dim ond ychydig o ferched a phlant dan
brotest a ddeuai i wrando arno a blinodd y siryf

ar geisio cadw rheolaeth ar y dynion gwartheg swnllyd ers blynyddoedd.

Wedi corlannu'r gwartheg a derbyn ei gyflog, aeth Nic am un o'r gwestai mawrion a safai ar ochr yr unig stryd yn y dref. Talodd am gael mwydo ei gorff blinedig mewn llond twb pren o ddŵr poeth am awr gyfan, i olchi ymaith wythnos o lwch a budreddi'r paith. Yna, wedi bwyta pryd o fwyd a thalu am wair a llety i Diafol yn y stabl, aeth o salŵn i salŵn i chwilio am Siôn Eryr. Ond nid oedd golwg o'r hen ŵr yn unman, ac er holi a holi, doedd neb wedi ei weld yn y dref ers misoedd lawer.

Y noson honno eisteddai Nic ar risiau'r Gath Ddu, y salŵn mwyaf swnllyd yn y Dre Hir, yn mwynhau'r awel denau yn chwarae'n ysgafn ar ei wyneb. Ffrydiai sŵn canu a dawnsio i'r stryd drwy'r drws hanner agored, a thoc daeth criw o ddynion ar eu ceffylau gan saethu bwledi i'r awyr yn wyllt. Ni chymerodd fawr neb sylw ohonynt. Roedd trigolion y Dre Hir wedi hen arfer â sŵn tebyg. Eisteddai'r siryf yn ei gadair siglo tu allan i'w swyddfa, ychydig lathenni oddi wrth Nic, ei het wedi ei thynnu dros ei wyneb ac ni ddeffrodd, hyd yn oed pan aeth un o'r dynion ato a siglo'r gadair yn wyllt â'i droed nes bod yr het yn syrthio i'r llawr.

Wedi i'r criw aflafar ddiflannu i mewn i'r salŵn, aeth Nic at y siryf. Cododd yr het o'r baw a rhoddodd bwniad iddo i'w ddeffro. Cymerodd yntau'r het heb gymaint ag agor ei lygaid a'i rhoi'n ôl ar ei ben, a chuddio'i wyneb.

"Welsoch chi ddyn gwerthu crwyn yn y dre yma y dyddiau dwaetha' yma?" gofynnodd Nic, yn gwylio'r llall yn siglo'n ysgafn yn ei gadair. "Un bach â dillad . . ."

"Siôn Eryr?" ebe'r siryf yn gysglyd, cyn iddo gael gorffen. "Welais i mohono ers dros flwyddyn."

"Oes gennych chi ryw syniad ble medr o fod, siryf?"

"Pam? Oes gen ti grwyn i'w gwerthu?"

Ysgydwodd Nic ei ben. "Nac oes," meddai'n ddistaw, "Ond mae o wedi fy nhwyllo i."

"O," ebe'r siryf yn hollol ddidaro.

"Wedi dwyn, siryf," teimlai Nic ei hun yn dechrau gwylltio, wrth weld y llall mor ddifater. "Mae o wedi dwyn fy arian i gyd."

"Taw â sôn. Un felly ydi Siôn Eryr."

Gwylltiodd Nic yn gacwn.

"Siryf," gwaeddodd, yn rhoi ei draed ar y gadair i'w rhwystro rhag siglo. "Pwy ydi'r gyfraith yn y lle yma?"

Pwyntiodd y siryf at ei seren arian heb ddweud yr un gair a heb dynnu'r het o'i lygaid.

"Rydw i'n cwyno bod Siôn Eryr wedi dwyn arian oddi arna i, siryf," meddai Nic eto.

"Dyna ti felly. Rwyt ti wedi dweud. Mi ro i'r hanes yn y llyfr pan af i'r swyddfa yn y munud."

"Ydach chi ddim am wneud rhywbeth ynghylch y peth?" Gwyddai Nic fod ei wyneb yn glaerwyn gan wylltineb, a gwasgodd ei ddwylo yn ei gilydd rhag iddo daro dyn y gyfraith.

Am y tro cyntaf ers pan gyrhaeddodd Nic, tynnodd y siryf ei het o'i wyneb i edrych arno.

''Paid ti â siarad fel yna efo mi y cyw eryr,'' meddai rhwng ei ddannedd, a'i law dde'n syrthio at garn ei wn. ''Neu mi fyddi di yn y gell yna dros nos.''

''Ond siryf . . .'' protestiodd Nic.

''Tref ddistaw, barchus ydi hon, deall di,'' meddai'r siryf ar ei draws, ''a rydw i'n benderfynol o'i chadw felly. Dydan ni ddim angen pethau o dy fath di yma i dorri ar yr heddwch. Wyt ti'n deall?''

Roedd Nic yn deall yn iawn. Aeth yn ôl am y tŷ bwyta yn benisel. Gorau po gyntaf i'r trên gyrraedd, meddyliodd, iddo gael mynd yn ddigon pell o'r Dre Hir.

''Ac os wyt ti am ffraeo efo Siôn Eryr,'' gwaeddodd y siryf ar ei ôl, ''chwilia di am rywle heblaw'r dref yma i wneud hynny. Fydd yna ddim saethu yn mynd ymlaen yn y stryd hon.''

Un arall oedd yn cael swper yn y gwesty pan aeth Nic at y bwrdd. Roedd yn amlwg oddi wrth ei ddillad, a'r modd yr holai'r weinyddes, mai dieithryn oedd yntau hefyd. Ni ddywedodd air wrth Nic ond ei anwybyddu'n lân, a thra oedd yn disgwyl am ei stêc astudiodd Nic ef yn ofalus.

Dyn main, tal ydoedd mewn dillad du o'i sawdl i'w gorun ac esgyrn ei wyneb fel pe baent yn ymladd am dorri drwy'r croen. Nid dwylo caled dynion gwartheg oedd ganddo ond dwylo meddal, gwynion, bysedd hirion merchetaidd, a'r ewinedd wedi eu torri'n daclus a'u golchi'n lân. Roedd golwg dyn wedi hanner llwgu arno a rhyw lwmp yn ei wddf yn sboncio i fyny ac i lawr yn ddi-baid wrth iddo lyncu ei fwyd. Ond eto nid oedd golwg dyn tlawd arno o gwbl. Roedd ei ddillad yn drwsiadus, y gadwyn ar draws ei wasgod o aur, y sbardunau wrth ei sodlau o arian, a charnau ifori i'r ddau wn a rythai allan o'i wregys. Ar y bwrdd o'i flaen gor-weddai cas pren, hir, du a thrwy gydol y pryd ni thynnodd y dyn ei lygaid oddi arno, fel pe bai arno ofn i rywun gyffwrdd ag ef. Dyn di-wên, heb ffrind, ydoedd ac yr oedd edrych i'r llygaid gleision, oerion, yn codi ofn ar Nic.

Wedi gorffen bwyta, cododd y dieithryn yn swta, rhoi'r blwch pren dan ei fraich a mynd heibio Nic heb edrych arno. Wrth y drws arhos-odd am ennyd i astudio poster oedd ar y wal o'i flaen. Culhaodd y llygaid gleision a gwelodd Nic ei law dde yn gwynnu wrth iddo wasgu carn un o'r gynnau. Yna trodd y dyn, taflodd un edrych-iad cas i gyfeiriad Nic, ac aeth drwy'r drws ac i fyny'r grisiau i'w ystafell.

Cyn hir cododd Nic hefyd ac aeth tua'r drws. Yno safodd yntau i edrych ar y darlun ar y wal. Darlun o wyneb gŵr tua'r canol oed ydoedd, wyneb hagr, creulon a chraith wen yn ym-ddangos drwy drwch y farf a orchuddiai y rhan fwyaf ohono. Codai arswyd ar Nic wrth edrych arno.

"Mil o ddoleri," ebe'r rhybudd oddi tan y llun, "am Wil Goch, yn fyw neu farw. Lleidr. Llofrudd. Drwgweithredwr."

Digon o waith y byddaf i yn dod ar ei draws, meddyliodd Nic wrth fynd allan i'r stryd. Er bod y cyflog am yrru gwartheg yn dda, ni fedrai Nic fforddio cysgu yn un o ystafelloedd moethus y gwesty. Llawer rhatach, a gwell ganddo, oedd cysgu yn y stabl gyda'i geffyl ffyddlon. Croesodd y ffordd tuag yno ac wrth fynd edrychodd yn ôl ar y gwesty. Eisteddai'r dyn mewn dillad duon o flaen ffenestr ei lofft yn gwylio'r stryd, ei ddau wn ar ei lin.

Pennod 9

Ben bore drannoeth safai Nic ar yr orsaf fechan gyda dynion y Pedair Seren i ddisgwyl y trên i gyrchu'r gwartheg tua threfi'r arfordir. Unwaith y byddai'r creaduriaid yn saff ar y trên, byddai ei waith ar ben a châi fynd i grwydro'r paith unwaith yn rhagor.

Cerddai'r gorsaf-feistr yn ddiamynedd yn ôl a blaen, gan edrych ar y cloc ar fur ei swyddfa bob hyn a hyn.

"Dros ddwy awr yn hwyr eto," cwynodd wrth Lewis y fforman. "Yr un peth yn union yr wythnos ddiwethaf. Y Cheyenne oedd wedi dwyn ceffylau oddi arni yr adeg honno. Be' yn enw rheswm sydd wedi digwydd heddiw tybed?"

Aeth yn ôl i'w swyddfa eto a cherddodd Nic i ben draw'r orsaf. Teimlai'n anesmwyth pan welodd y dieithryn o'r gwesty yn sefyll a'i bwysau ar reiliau'r corlannau yn gwylio'r dynion. Daliai'r blwch pren, du yn dynn yn ei law ac, ym meddwl Nic, yr oedd rhywbeth ysgeler o'i gwmpas. Ni fedrai dynnu ei lygaid oddi arno.

Ond toc anghofiodd amdano pan waeddodd un o'r dynion o'r corlannau. Daeth y gorsaf-feistr allan o'i swyddfa ar ras a gwyliodd pawb y rhimyn du o fwg yn dynesu ar hyd y paith. Clywsant gloch y trên yn canu wrth iddo lafurio tuag atynt.

Cyn iddo aros bron, yr oedd y gyrrwr a'r taniwr yn rhuthro am swyddfa'r gorsaf-feistr.

"Y siryf, y siryf," gwaeddai'r taniwr yn groch.

Daeth pawb i sefyll yn un twr o'i gwmpas, tra rhedai'r gyrrwr am swyddfa'r siryf.

"Wil Goch a'i giwed," llefodd y taniwr, ei wyneb fel y galchen. "Roeddan nhw'n ein disgwyl ni ar dro'r mynydd bach, coeden wedi ei chwympo ar draws y rêl i stopio'r trên. Mi gawsom ni ddau ohonyn nhw ond mae Wil Goch ac un arall wedi mynd."

Rhedodd y dynion ar ei ôl ar hyd y trên, Nic yn eu mysg. Tryciau gwartheg dirifedi oedd wrth yr injan ond ym mhen pella'r trên roedd dau neu dri o dryciau nwyddau, caeëdig. Dim ond ysgerbwd noeth oedd un ohonynt, y gweddill ohono wedi ei losgi'n ulw. Chwarddodd un o ddynion y Pedair Seren ond sŵn crio oedd yn llais y taniwr.

"Bu bron i'r holl drên fynd yn wenfflam," gwaeddodd yn wyneb gwelw y gorsaf-feistr, fel petai bai ar y creadur hwnnw. "Dau gant o ynnau'r fyddin, ar eu ffordd i'r gogledd, wedi mynd. Wil Goch a'i ffrind wedi dwyn y cwbl. Roedd ganddyn nhw wagen fawr yn barod i'w cario. I be' ar y ddaear y mae'r siryf yna'n dda?"

"Paid ti â siarad mor ddifalch o ddyn y gyfraith," ebe llais chwyrn y siryf y tu ôl iddynt.

Ymwthiodd ei hunan drwy'r dorf i gael astudio'r tryc yn well, a chrafu ei ben mewn penbleth. Pan ddaeth rhai o'i ddynion â chyrff dau o'r giwed o un o'r tryciau gwartheg iddo, ni chymerodd y siryf sylw ohonynt, a gadawyd y ddau yn y llaid tra camai pawb drostynt yn eu tro.

''Wyt ti'n berffaith siŵr nad gwaith y Cheyenne ydi hyn?'' gofynnodd y siryf, nes y gwylltiodd y taniwr a dechrau gweiddi yn ei wyneb.

''Mi wn i'r gwahaniaeth rhwng dyn gwyn a Cheyenne,'' cyfarthodd. ''Ac rydw i wedi gweld wyneb hyll y Wil Goch yna ar waliau pob tref ar y paith yma ddigon o weithiau i fedru ei adnabod fel fy nhad fy hunan.''

''I ble'r aeth o ar ôl ymosod ar y trên?'' gofynnodd y siryf ar ei draws.

''I'r mynyddoedd yna i rywle,'' oedd yr ateb.

Crafodd y siryf ei ben eto a gwyddai Nic i'r dim ei fod yn chwilio am ryw esgus i gael gwared â'r holl fusnes.

''I'r mynyddoedd . . .?'' meddai'n araf. ''Wel biti garw. Fedrwn ni ddim dal y cnaf yn yr hen fynyddoedd yna. Mae yna ormod o leoedd i ddyn guddio yno, a gormod o Cheyenne o gwmpas hefyd.''

Yna cofiodd am rywbeth yn sydyn a meddai, ''Ble yn union y stopiwyd y trên?''

''Wrth dro'r Mynydd Bach, siryf. Roeddan nhw wedi dymchwel coeden anferth ar draws y rêl ac roedd y giwed yn cuddio yn y creigiau a . . .''

''Tro y Mynydd Bach?'' torrodd y siryf ar ei

draws a sŵn buddugoliaeth yn ei lais. "Mae'r fan honno yn nes i'r Dre Wen nag i'r Dre Hir, gyfaill annwyl. Problem siryf y Dre Wen ydi hon. Does a wnelo fi ddim byd â'r busnes."

"Ond, siryf," ebe'r gorsaf-feistr a'r gyrrwr, yn dechrau protestio'n hallt gyda'i gilydd.

"Os na ddaeth Wil Goch y ffordd yma wrth gwrs," gwenodd y siryf. "Welodd rhywun Wil Goch y ffordd yma?"

Ysgwyd eu pennau wnaeth y dynion a rhodd-odd y siryf ochenaid o ryddhad.

"Wel yr unig gyngor fedra i ei roi i chi," meddai, cyn cychwyn yn ôl am y gadair siglo, "ydi ichi fynd i ddweud wrth y siryf yn y Dre Wen ar eich ffordd yn ôl."

Nid oedd gan ddynion y Pedair Seren lawer mwy o ddiddordeb yn hanes y trên a Wil Goch ac aethant ati i lwytho'r gwartheg i'r tryciau gweigion rhag gwastraffu mwy o amser. Yna'n sydyn, uwch sŵn y gwartheg a'r dynion, clyw-odd Nic sŵn ceffyl yn carlamu. Edrychodd i gyfeiriad y sŵn a gwelai'r dyn oedd yn y gwesty y noson flaenorol yn sbarduno ei geffyl du, hardd yn chwyrn ar draws y paith. A barnu oddi wrth y ffordd y marchogai, yr oedd ar frys mawr. Cofiodd Nic yn sydyn am yr holl ddiddordeb a ddangosodd y noswaith gynt yn y llun o Wil Goch ar y mur. Yr oedd golwg ryfedd, bell yn ei lygaid hefyd wrth iddo ddisgwyl y trên y bore hwnnw, yn union fel pe bai'n disgwyl i rywbeth fod o'i le.

"Wrth gwrs. Roedd y cnaf yn gwybod," ebe Nic yn uchel, er mawr syndod i'r ddau ddyn a safai wrth ei ochr. "Roedd o'n gwybod yn iawn. Un o giwed Wil Goch ydi o."

Gadawodd ei waith ar ei hanner a rhedeg ar hyd y stryd lydan tua swyddfa'r siryf.

Doedd dim golwg dyn gwartheg ar y dieithryn o gwbl, meddyliodd, dim ond golwg dyn cyfoethog a saethwr medrus. Pan ruthrodd drwy ddrws y swyddfa a sefyll o flaen y siryf, yr oedd dyn y gyfraith yn gorweddian yn ei gadair, ei draed ar y silff-ben-tân o'i flaen.

"Ti eto?" gofynnodd yn flin. "Rydw i wedi dweud wrthat ti o'r blaen nad ydi pobl y dref yma ddim yn rhy hoff o hen ddynion gwartheg yn codi twrw."

"Rhowch bum munud imi, siryf," ymbiliodd Nic arno. "Gwrandewch arna i am bum munud ac wedyn mi fydda i yn mynd o'r dref yma a welwch chi na'r un o'r trigolion mohona i byth wedyn."

Tynnodd y siryf ei draed oddi ar y silff-ben-tân fel arwydd ei fod yn fodlon gwrando.

"Wil Goch a'i giwed, siryf," dechreuodd Nic.

"O'r aflwydd," roedd atgasedd lond llais y siryf. "Dwyt ti ddim yn mynd i wastraffu fy amser i yn sôn am y dihiryn yna, wyt ti? Mae o wedi mynd i'r mynyddoedd yna i rywle a fedr neb ei gael oddi yno pe baem ni yn mynd â byddin yno i chwilio amdano. Mae o yn ffrind i'r Cheyenne ac mae'r Indiaid yn y mynyddoedd acw hefyd. Ac ar ben hynny mae digonedd o le iddo ymguddio yno. Be' wyt ti'n ddisgwyl i mi ei wneud?''

Aeth Nic at y ffenestr lydan ac edrych drwyddi gan feddwl yn ddwys. Cofiodd am y gwn a welodd yn llaw'r Indiad wrth yr hen furddun. Gwn y fyddin. Roedd pethau'n dechrau dod yn glir iddo'n awr, ac yntau wedi bod yn amau yr hen farchnatwr crwyn o'r dechrau. Os oedd Siôn Eryr wedi gwneud cam ag ef, roedd yntau'n awr wedi gwneud cam â'r hen ŵr, yn ei amau o werthu gynnau i'r Cheyenne.

Trodd Nic oddi wrth y ffenestr i wynebu'r siryf unwaith eto.

''Y gynnau,'' meddai'n wyllt.

''Pa ynnau?'' ebe'r llall, yn edrych yn hurt arno am eiliad.

''Y gynnau gafodd y giwed yna ar y trên. Dau gant o ynnau yn perthyn i'r fyddin. Be' ydach chi'n feddwl mae Wil Goch am wneud â dau gant o ynnau?''

''Pam wyt ti'n gofyn i mi?'' ebe'r siryf yn sur. ''Nid y fi aeth â nhw. Eu gwerthu i'r Cheyenne efallai. Fedr o wneud dim arall â nhw yn y mynyddoedd yna.''

''Wel, os ydi Wil Goch yn ffrind i'r Cheyenne,'' meddai Nic, ''mae ganddo rywbeth i'w werthu iddyn nhw. Dydi'r dyn coch ddim yn gwneud ffrind â'r dyn gwyn heb ei fod ar ei fantais o wneud hynny.''

''Fedrwch chi ddim gwneud rhywbeth i'w

rwystro, siryf?'' ychwanegodd, yn mynd i sefyll wrth gadair gŵr y seren arian.

Chwarddodd y siryf yn uchel a theimlai Nic y gwrid yn codi i'w wyneb.

''Gwneud be' dywed?'' meddai'r siryf. ''Os ydi'r dyn coch yna yn ddigon hurt i feddwl ymosod ar ddynion y paith yma eto, mi fydd yn edifar ganddo. Mi gafodd y Cheyenne andros o gurfa y tro dwaetha y bu'n ddigon beiddgar i ymosod. Ond y tro nesaf mi waranta i i ti na fydd yr un o'r giwed ar ôl.''

Yn ei galon gwyddai Nic mai dyna a'i poenai yntau hefyd. Roedd gwerthu gynnau i'r Cheyenne yn ei anogi i ymosod ar y dyn gwyn ac, fel y dywedodd y siryf, petai hynny'n digwydd, ychydig iawn o'r Cheyenne fyddai ar ôl.

Edrychai i gyfeiriad y siryf unwaith eto, a sylwodd ei fod wedi anghofio ei fodolaeth yn barod. Eisteddai yn ôl yn ei gadair, ei het dros ei lygaid, a'i draed ar y bwrdd. Brathodd Nic ei wefl rhag iddo ddweud rhywbeth y byddai'n edifar ganddo ac yna aeth drwy'r drws yn ddistaw.

Byddai'r gwartheg i gyd wedi eu llwytho erbyn hyn ac nid oedd llawer o ddiben iddo fynd yn ôl i'r orsaf. Aeth i chwilio am ei geffyl a gadawodd iddo ymlwybro'n araf ar hyd y stryd ac aros yn awr ac yn y man i bori'r glaswellt a dyfai rhwng y cerrig mân. Arhosodd Nic o flaen siop fechan yn llawn nwyddau o bob math a gwariodd weddill ei arian ar goffi a ffa bach, a chig hallt ac ychydig ergydion i'r Winchester.

Wrth i'r hen ŵr â'r farf wen hir a safai tu ôl i'r cownter lenwi ei sach gyfrwy â'r nwyddau, gofynnodd Nic iddo'n sydyn, "Ydach chi'n byw yma ers talwm yr hen ffrind?"

Syllodd y llall arno drwy sbectol wydrau tewion, ei lygaid yn crychu.

"Rydw i yma ers cyn cof neb yn y dref yma, machgen i," meddai a sŵn balchder lond ei lais. "Pan ddeuthum i yma gyntaf doedd dim byd ond dau westy ac un salŵn yma. Rydw i wedi gweld y trên cyntaf yn dod ar hyd y paith yna, wedi codi'r siop yma â'm dwylo fy hun, ac wedi gwylio'r dref yn tyfu o ddim."

Gwenodd Nic a meddai, "Rydach chi'n gwybod am bob man hyd y lle yma felly?"

"Gwybod?" ebe'r llall fel carreg eco a syndod yn ei lais, fel pe bai Nic wedi dweud rhyw gelwydd. "Roeddwn i yn marchogaeth y paith yna pan oedd dy dad yn ei grud. Does yna'r un garreg na choeden na bryn na wn i amdanynt."

"Beth sydd yn y mynyddoedd yna i'r gogledd?" gofynnodd Nic ar ei draws.

Stopiodd y llifeiriant geiriau o enau'r hen ŵr a chraffodd ar Nic eto.

"Dwyt ti ddim yn meddwl mynd y ffordd yna debyg?" meddai, yn gwelwi.

"Pam lai?"

"Cymer di gyngor gin i, gyfaill," meddai yntau, gan bwyso ar bob gair i wneud yn siŵr bod Nic yn deall. ''Does neb call yn mynd i'r mynyddoedd yna. Mae'r lle yn berwi o Cheyenne a fedri di ddim trystio'r dyn coch yna. Rwyt ti'n llawer rhy ifanc i gofio rhyfeloedd y paith, ond dydi'r Cheyenne ddim yn un i ymyrryd ag ef. Cymer di fy ngair i.''

''Unwaith yr oedd tref ynghanol y mynyddoedd yna,'' ychwanegodd, ei lygaid yn llaith wrth iddo gofio. ''Tref fechan, tref dynion yr aur. Wyddost ti fod aur yn yr hen fynyddoedd yna? Mae'r creigiau yna yn dyllau ac yn ogofâu i gyd. Ond roedd y dref yn rhy agos i wlad y Cheyenne felltith ac yn y diwedd daeth pawb oddi yno a'i gadael yn dref farw . . .''

''Tref farw? Yn y mynyddoedd acw?'' ebe Nic ar ei draws. ''Ydi hi yna o hyd?''

''Fedr tref ddim dianc fel ei thrigolion ysti,'' oedd yr ateb araf. ''Ydi, mae hi yno o hyd, y tai, y siopau, y salŵn, y cwbl wedi eu gadael ar drugaredd y gwynt a'r haul.''

''A lle ardderchog i guddio yno,'' ebe Nic, yn fwy wrtho'i hunan nag wrth y siopwr.

Brysiodd i dalu am ei nwyddau ac, wedi cipio'r bag trwm oddi ar y cownter, allan ag ef am ei geffyl. Dilynodd ffordd y trên allan o'r dref ar hyd y paith a bu'n teithio yn galed am weddill y prynhawn. Yna gwelodd y goeden braff yn gorwedd wrth ochr y rêl, ble symudodd dynion y trên hi. I'r dde iddo yr oedd llwybr cul yn arwain i'r mynyddoedd, nad oeddynt yn ddim ond bryniau isel o'r fan hon. Trodd Nic ben ei geffyl tuag atynt ac aeth ar draws y bryniau at draed y mynyddoedd uchel yn y pellter. Nid arhosodd eiliad gan fod y nos yn prysur ddisgyn dros y paith.

Cyn hir arweiniai'r llwybr drwy hafn ddofn rhwng y cribau uchel. Roedd yn amlwg oddi wrth y borfa a dyfai hyd-ddo ymhob man nad oedd fawr o geffylau yn troedio'r llwybr bellach. Ar adegau methai Nic yn lân â gweld y ffordd a llawer gwaith bu'n rhaid iddo ddisgyn oddi ar ei geffyl i graffu'n ofalus ar y ddaear cyn mynd ymlaen ar ei daith.

Pan aeth yn rhy dywyll iddo weld y llwybr o gwbl, arweiniodd ei geffyl i lannerch werdd ynghanol creigiau uchel. Tynnodd y cyfrwy a'r awenau oddi ar Diafol a gadael iddo bori, ac yna yfodd y ddau o ffrwd fechan a fyrlymai i lawr craig gerllaw. Roedd digon o goed a llwyni yma ac acw ac aeth Nic ati i hel priciau, gan feddwl berwi dŵr i wneud coffi. Yna arhosodd yn sydyn ac anadlu'n drwm.

Arogl mwg, meddyliodd, yn mynd am ei wn. Sylwodd o ble roedd y gwynt yn chwythu a dringodd o gysgod craig i gysgod craig tuag at y mwg. Gweryrai Diafol y tu ôl iddo, gan guro ei droed yn y llawr yn anesmwyth.

''Wyt tithau wedi clywed rhywbeth, yr hen gyfaill?'' ebe Nic yn dawel ac yna gwelodd lewyrch y tân.

Tân coed mewn gwersyll reit debyg i'w un ef ydoedd. Aeth i ben craig gyfagos yn llechwraidd, ac edrych i lawr tua'r fflamau. Er bod y nos wedi cau'n llwyr amdano erbyn hyn roedd digon o fflamau yn dawnsio yn y tân i'w alluogi i weld y ceffyl du, hardd wedi ei glymu gerllaw, y tun coffi ar y tân a'r cyfrwy a'r flanced dan gysgod craig.

Y dyn o'r gwesty, meddai Nic wrtho'i hun, yn gafael yn dynnach yn ei wn ac yn ymwthio'n nes. Cododd ei wn yn barod a chraffu i'r gwyll ond ni fedrai yn ei fyw weld a oedd y dyn yn y blanced ai peidio.

Am ddeng munud cyfan bu'n gwylio, heb symud llaw na throed. Nid oedd symudiad i'w weld o gwbl yn y gwersyll, ar wahân i'r ceffyl yn pori a'r fflamau'n neidio wrth ysu'r coed sych-ion, a gwneud i'r cysgodion ddawnsio hyd y creigiau.

Rhaid imi chwilio am le arall i gysgu, meddyl-iai Nic, yn cychwyn rholio ei hun o olwg y tân. Rydw i'n rhy agos i'r dihiryn yna yn fan hyn.

Digon anesmwyth oedd Diafol o hyd. Aeth Nic ato a thynnu ei law drwy ei fwng i'w dawelu. Aeth am ei gyfrwy, rhoi'r gwn yn y wain, ac yna ei godi ar gefn y ceffyl.

"Saf di yn berffaith lonydd y cnaf," ebe llais o'r tywyllwch o'i ôl. "A phaid â meddwl y medri di ddianc yn y tywyllwch yma. Mae baril-au dau wn yn anelu'n syth at ganol dy gefn di."

Teimlai Nic y chwys yn rhedeg yn oer i lawr ei gefn, wrth iddo ollwng y cyfrwy i'r llawr a chodi ei ddwylo uwch ei ben.

Pennod 10

Clywodd Nic sŵn sbardunau yn tincian wrth i'r dyn gerdded tuag ato yn araf. Yna, a blaen y gwn yn pwyso'n giaidd ar asgwrn ei gefn, rhoddodd bwniad i Nic oddi ar y ffordd a chodi'r Winchester o'r wain yn y cyfrwy.

"Mi wyddost lle mae'r gwersyll," meddai'n haerllug. "Cer yn araf deg, y cnaf, a dim un tric, cofia. Mae'r bys yma sydd ar y triger yn teimlo'n flinedig iawn."

Cadwodd Nic ei ddwylo uwch ei ben wrth i'r llall ddal y gwn yn dynn yn ei gefn a'i wthio drwy'r creigiau, tua'r gwersyll y bu Nic mor ddyfal yn ei wylio ychydig funudau ynghynt.

Wedi cyrraedd y fan, gorchmynnodd y dieithryn i Nic eistedd â'i freichiau ymhlyg, a'i gefn ar garreg fawr. Eisteddodd yntau i'w wynebu, ei fys yn dal i hofran uwch y triger.

"Nawr, llanc, rwy'n rhoi deng eiliad iti i ddweud pam dy fod yn fy nilyn i," meddai rhwng ei ddannedd.

Teimlai Nic wallt ei ben yn codi mewn ofn ond yna, fel llawer un yn wynebu perygl, aeth ei feddwl yn hollol glir. Roedd yn sicr mai un o ddynion Wil Goch ydoedd hwn a'i hwynebai, yn ddigon sicr i fentro dweud heb fymryn o gryndod yn ei lais, "Roeddwn i'n chwilio am Wil Goch a'i griw."

Aeth llygaid y llall yn fychain fel llygaid

mochyn wrth iddo chwifio'r gwn fodfedd o flaen trwyn Nic.

"'Chwilio am y dihiryn hwnnw ie?'' meddai. ''A beth mae rhyw gyw ci gwyllt fel ti am wneud â Wil Goch a'i griw?''

Ceisiodd Nic beidio dangos yr ofn a deimlai yn ei galon wrth ateb, heb dynnu ei lygaid oddi ar yr arf yn llaw y gŵr.

''Rydw i'n edmygu Wil ers blynyddoedd,'' meddai, ''ac wedi teithio milltiroedd i ymuno â'i griw.''

''Ymuno â'i griw? A beth wnaeth iti feddwl am fy nilyn i? Ateb, y cnaf digywilydd,'' gwaeddodd yn wyneb Nic.

Mentrodd Nic chwerthin yn isel.

''Doedd gin i ddim syniad dy fod ti ar y ffordd yma,'' eglurodd. ''Gweld llewyrch y tân wnes i a . . .''

Clywodd y ddau sŵn carnau ceffyl ar gerrig yr un adeg. Eiliad yn unig a gymerodd y dyn i droi ei ben ond roedd eiliad yn ddigon i Nic. Ciciodd y llaw a ddaliai'r gwn ac wrth weld yr arf yn hedfan drwy'r awyr, neidiodd am y Winchester, a orweddai ar y llawr wrth y tân.

Â chongl ei lygaid, gwelodd Diafol yn dod i'r llannerch o'r creigiau, lle y'i gadawyd. Rhuthrodd y dieithryn am y gwn arall yn ei wregys ond roedd Nic yn rhy sydyn. Chwibanodd y fwled o'r Winchester a chodi'r llaid yn gwmwl wrth draed y dyn.

"Mi fydd y nesaf yn agosach atat," gwaedd-odd Nic yn chwyrn.

Tro y dieithryn oedd hi i eistedd â'i gefn ar y garreg yn awr.

"Pwy wyt ti? Dy enw?" cyfarthodd Nic yn ei wyneb.

Ond mulo yn lân a wnâi'r llall. Poerodd ar y llawr yn filain, ei lygaid yn melltennu yn ei ben.

"Pwy wyt ti?" gofynnodd Nic eto, yn rhoi pwniad iddo â'r gwn.

"Ifan. Ifan Ddu ydi'r enw."

"O ble y daethost ti?"

"O'r paith. Ydi ots o ble?"

"Y blwch pren, du yna?" amneidiodd Nic tuag ato. "Be' sydd ynddo?"

"Edrych," oedd yr unig ateb, a rhoddodd Ifan Ddu gic iddo tuag at Nic. Agorodd Nic y blwch yn ofalus gan gadw blaen y gwn yn anelu at y llall. Chwibanodd yn isel pan welodd y gwn yn y blwch. Ni welodd yn ei fywyd un harddach, a gwyddai ei fod wedi costio'r ddaear. Gwn ysgafn, nerthol ydoedd a gwydrau arno i alluogi'r saethwr i weld ymhell ac i saethu'n fwy cywir. Gwyddai Nic na fyddai neb ond saethwr proffesiynol, arbenigwr ar drin gwn, yn cario'r fath erfyn.

Gwyliodd Ifan Ddu ef yn ofalus ac meddai, â rhyw hanner gwên ar ei wyneb main. "Rydan ni ar yr un perwyl ein dau, gyfaill. Mynd i chwilio am Wil Goch er mwyn cael ymuno ag ef yr wyf innau hefyd."

"Sut wyt ti'n disgwyl i mi dy goelio di?'' gof-ynnodd Nic.

"Sut wyt tithau'n disgwyl i minnau dy goelio dithau?'' ebe'r llall ar unwaith.

Dododd Nic y Winchester ar y llawr yn araf a chodi ei ddwylo'n glir, ond eto'n ddigon agos i ruthro am y gwn petai'r llall yn rhoi un symud-iad chwithig. Ond y cwbl a wnaeth Ifan Ddu oedd mynd at y tân a thynnu'r tegell coffi oddi arno.

Er eu bod yn awr yn edrych fel y ddau ffrind pennaf, nid oedd Nic yn berffaith hapus yng nghwmni Ifan Ddu. Cadwai ei lygaid arno fel barcut yn gwylio llygoden y paith, wrth i'r dihiryn dywallt coffi iddynt. Gwyddai fod Ifan yn ei wylio yntau hefyd a thrwy gydol y pryd bwyd nid oedd ei law dde ymhell oddi wrth garn ifori y gwn yn ei wregys. Pan roliodd y ddau eu hunain yn eu plancedi i gysgu, gwnaeth Nic yn siŵr fod y Winchester o fewn cyrraedd a syl-wodd fod Ifan Ddu hefyd â'r ddau wn wrth law.

"Bûm i'n chwilio am Wil Goch ers pum mlynedd,'' meddai wrth Nic cyn iddynt gysgu. "Ond mae o yn un anodd iawn i'w ddal. Bob tro y dof i'w ymyl mae'n diflannu fel pe bai'n mynd oddi ar wyneb y ddaear.''

Ychydig iawn a gysgodd Nic y noson honno. Nid oedd yn edrych ymlaen at y dydd canlynol i wynebu Wil Goch a'i gyfaill a'r dihiryn hwn yn dynn wrth ei sawdl. Ond gwyddai nad oedd modd iddo droi'n ôl bellach. Ni fyddai Ifan Ddu yn gadael iddo fynd hanner can llath cyn rhoi bwled yn ei gefn.

Bore trannoeth roedd Ifan wedi codi ymhell o'i flaen. Pan agorodd Nic ei lygaid, eisteddai'r llall wrth y tân coed yn berwi ffa i frecwast, ei ddillad duon mor dwt amdano a phe byddai newydd eu tynnu o gwpwrdd dillad.

Ni ddywedodd yr un o'r ddau hanner dwsin o eiriau wrth fwyta ac yna, wedi hel eu taclau at ei gilydd a diffodd y tân, i ffwrdd â hwy unwaith eto, un ar ôl y llall drwy'r mynyddoedd uchel.

Troellai'r llwybr caregog drwy ddyffrynnoedd culion ac ar adegau roedd mor gul fel bod raid iddynt ddisgyn oddi ar y meirch i ymwthio rhwng creigiau serth. Yna tua chanol y prynhawn, dechreuodd y llwybr ledaenu a mynd am i waered.

Llithrai'r ceffylau ar y cerrig mân gan mor serth y ffordd. Yna'n sydyn daethant at dro heibio i graig enfawr. Cododd Ifan Ddu, a farchogai ar y blaen, ei law i atal Nic. Aeth yntau tuag ato yn ofalus a daliodd ei anadl mewn syndod.

O'i flaen gwelai ddwy graig serth yn ymestyn i'r entrychion a'r llwybr yn mynd rhyngddynt fel trwy geg ogof. Rhuai'r gwynt yn gwynfanus drwy'r agendor a thrwy'r fynedfa medrai Nic weld dyffryn gwyrdd, ffrwythlon yn agor o'i flaen, dyffryn ac afon ddiog yn ymlusgo drwyddo. Ond yr hyn a'i synnodd fwyaf oedd gweld adeiladau tref fechan ar lawr y dyffryn yn swatio yng nghesail yr hen glogwyni uchel.

''Y dref aur, y dref farw,'' sibrydodd yn gynhyrfus yng nghlust Ifan Ddu.

Tynnodd Ifan bâr o wydrau bychain o'i boced ac edrych drwyddynt ar y dref islaw. Yna estynnodd hwynt i Nic. Dyma'r tro cyntaf erioed iddo weld gwydrau o'r fath ac agorodd ei lygaid led y pen mewn syndod wrth iddo weld adeiladau'r dref fel petaent yn neidio tuag ato wrth iddo edrych arnynt.

Hen dref fechan fel pob un arall ar y paith ydoedd, ond ei bod yn hollol wag. Nid oedd yr un creadur byw i'w weld yn unman a chwythai'r gwynt ysgafn hen lwyni o goed crin hyd yr heol a oedd wedi tyfu'n las ar ôl blynyddoedd heb neb i'w throedio.

Roedd ambell westy a'i ben iddo yn barod a drysau llawer o'r adeiladau yn hongian i'r stryd. Yng nghanol y dref safai hen gawg dŵr enfawr ar dŵr uchel a darnau o'r coed yn siglo'n beryglus yn y gwynt. O gwmpas y dref, yn y creigiau, medrai Nic weld degau o ogofâu, lle bu dynion yn cloddio am yr aur gwerthfawr yn y dyddiau a fu.

''Edrych i ben pella'r stryd tuag at y salŵn,'' ebe Ifan Ddu yn ei glust.

Ufuddhaodd Nic, a chraffodd drwy'r gwydrau nerthol eto. Rhoddodd ei galon lam wrth iddo weld dau geffyl wedi eu clymu wrth y salŵn.

"Wil Goch?" gofynnodd yn ddistaw wrth ddychwelyd y gwydrau i'w perchennog.

"Pwy arall? Fe glywaist y taniwr trên yn dweud mai i'r mynyddoedd yma y daeth y ddau."

Syllodd y ddau i'r pellter eto heb ddweud yr un gair a'r gwynt drwy'r agen yn y graig yn chwythu'n oer ar eu hwynebau.

"Does yna ddim gwyliwr i'w weld yn unman," meddai Nic.

"Pwy sydd angen gwyliwr mewn lle fel hwn?" atebodd y llall. "Y mynyddoedd yma yw'r gwyliwr gorau i Wil Goch. Mi ddalia i fod y ddau yn hapus braf yn y salŵn acw heb boen yn y byd, yn credu eu bod nhw'n berffaith saff. Ond rydw i'n meddwl ei bod yn bryd inni roi tipyn o fraw i Wil Goch a'r un cyfaill yna sydd ganddo fo ar ôl."

Gadawodd Nic i Ifan Ddu arwain y ffordd ar hyd gwely'r dyffryn. Edrychai'r dihiryn yn hollol ddidaro wrth arwain ei geffyl du drwy'r glaswellt hir tua'r dref, ond roedd calon Nic yn ei wddf, a disgwyliai glywed clec gwn unrhyw funud.

Ond cyrraedd y dref fechan yn ddianaf fu eu hanes. Wedi clymu'r ddau geffyl, ar gwr y dref, yn saff yng nghysgod hen westy enfawr a fu unwaith yn foethus ryfeddol, aethant tua chefn y salŵn yn ddistaw bach. Pan oeddynt o fewn degllath i'r ffenestr clywsant sŵn organ geg yn dod o'r ystafell eang. Winciodd Ifan Ddu yn slei ar Nic a rhoddodd arwydd iddo i'w ddilyn yn ofalus. Crynai llaw gwn Nic fel deilen, wrth iddo ddilyn Ifan ar flaenau ei draed tua'r ffenestr. Gwyrodd y ddau oddi tani ac yna cododd Ifan Ddu ei ben yn araf deg at y gongl lle roedd y gwydr wedi torri, ac edrychodd i'r salŵn.

Gwyrodd i lawr yn sydyn eto ac amneidio ar Nic. Cododd yntau'n awr a chraffu drwy'r twll yn y ffenestr. Hen ystafell salŵn ddigon cyffredin a welai, a llwch y blynyddoedd yn gwrlid llwyd dros bopeth. Roedd pry'r coed wedi ysu'r rhan fwyaf o'r dodrefn ac roedd gwydrau wedi torri fel dail yr hydref hyd y llawr pren.

Eisteddai Wil Goch yn yr unig gadair siglo gyfan yn yr ystafell, ei gefn at y ffenestr, yn chwarae'r organ geg. Cysgai'r llall ar ei hyd ar ben bwrdd llydan. Gorweddai ar wastad ei gefn, ei geg yn agored a'i chwyrnu yn cystadlu'n frwd â nodau'r organ.

Aeth Nic tuag at Ifan Ddu ar ei gwrcwd a gwrando'n astud wrth i'r dihiryn ddweud wrtho pa beth oedd i'w wneud.

"Wyt ti'n deall beth i'w wneud?" sibrydodd yng nghlust Nic wedi gorffen traethu.

"Pob gair. Paid â phoeni," sicrhaodd Nic ef. "Mi wnaf i fy rhan."

"Mae'n well iti wneud," bygythiodd Ifan Ddu. "Un cam allan o'i le a bydd ar ben arnom ein dau. Dydi Wil Goch ddim yn ddyn i chwarae ag o."

Wedi i Nic ei sicrhau eto ei fod yn gwybod pa beth i'w wneud, ymgripiodd Ifan Ddu oddi wrtho yn ddistaw, ac yna diflannodd rownd cornel yr adeilad.

Arhosodd Nic am ychydig i roddi digon o gyfle iddo gyrraedd drws ffrynt y salŵn, ac yna cododd ei ben at y ffenestr eto, y gwn yn ei law grynedig. Daliai Wil i ganu'r organ geg yn hapus a chysgai'r llall yr un mor sownd. Ni symudodd Nic nes gweld drws y salŵn yn ysgwyd yn araf, fel pe bai'r awel yn ei chwythu. Yna gwthiodd flaen y gwn drwy'r ffenestr a gwaeddodd yn chwyrn.

Yn ei holl fywyd, ni welodd Nic ddyn yn symud mor gyflym ag y symudodd Wil Goch y foment honno. Cyn bod eco llais Nic wedi cyrraedd y parwydydd moelion, neidiodd Wil o'i gadair, ciciodd y cysgadur yn effro a saethu yr un pryd. Plannodd y fwled i wydr y ffenestr fodfeddi oddi wrth wyneb gwelw Nic.

''Gollwng y gwn,'' ebe llais Ifan Ddu o'r drws.

Aeth Wil Goch yn llonydd fel petai wedi ei rewi i'r llawr, ei gyfaill yr un modd, a phan rededd Nic rownd yr adeilad a rhuthro drwy'r drws, safai'r ddau yn wynebu'r wal ac Ifan Ddu, gwn ym mhob llaw, yn eu gwylio. Tynnodd Ifan y gadair siglo tuag ato â'i droed ac eisteddodd ynddi a dechrau siglo, heb dynnu ei lygaid craff oddi arnynt. Yna ciciodd eu gynnau tuag at Nic. Cododd yntau hwy'n ofalus, eu torri, a thynnu'r ergydion ohonynt cyn eu gollwng ar y llawr wrth ei draed.

"Wil Goch, yr herwr mwyaf enwog ar y paith yma," dechreuodd Ifan ei dormentio'n giaidd, "mor hawdd i'w ddal â dal plentyn bach. Lwcus i ti nad y siryf ydw i, y cnaf. Mi fedrwn i fod wedi rhoi bwled yn dy hen galon ddiwerth di heb iti sylweddoli."

"Pam na wnei di?" gofynnodd Wil Goch drwy'r farf drwchus, ac ni fedrai Nic beidio ag edmygu ei wroldeb.

"Dim a minnau wedi teithio dros filltiroedd o'r paith yma er mwyn cael ymuno â dy giwed di," ebe Ifan Ddu.

Trodd y ddau arall i'w wynebu a gwelodd Nic wyneb Wil Goch yn iawn am y tro cyntaf. Nid oedd yn hoffi yr hyn a welai. Roedd y farf goch, a'r graith yn fudr wen drwyddi, yn codi arswyd arno.

Crechwenodd Wil Goch arnynt drwy ddannedd melyn, budr.

"Dod i ymuno â Wil Goch ie?" meddai'n araf. "Wyt ti'n fodlon derbyn dau ddihiryn fel yma, Jac?"

Gwnaeth Jac wyneb hyll arnynt. Roedd yn llawer iau na Wil Goch ond fflachiai'r un atgasedd o'i lygaid creulon.

"Ceisio'n lladd ni'n dau, ein saethu yn ein cefnau," gofynnodd yn chwyrn. "Mynd â'n gynnau oddi arnom. Ffordd ryfedd iawn o geisio ymuno â ni."

Cododd Ifan Ddu yn araf o'i gadair ac aeth gam yn nes atynt. Gafaelodd yng ngholer crys Wil Goch a'i dynnu tuag ato.

"Gwrando'r gwalch," meddai, yn chwifio blaen y gwn o flaen ei drwyn. "Does neb yn cael cynnig llaw Ifan Ddu fwy nag unwaith. Ac os ydw i'n deall pethau yn iawn, mi fyddwn ni yn fwy o werth i ti na fyddi di i ni ar ôl helynt y trên yna."

Tynnodd Wil Goch ei ddwylo oddi ar ei ben yn araf deg a rhythodd i wyneb y llall yn filain.

"Ofni Wil Goch mae dynion y paith yma fel rheol," cyfarthodd. "Fydd neb yn ceisio ymuno ag o. Pa hawl sydd gen ti i feddwl dy fod ti'n ddigon da i ddod yn un o fy nghriw i?"

Syllodd Ifan Ddu arno'n hir drwy lygaid wedi hanner eu cau. Edrychai Wil Goch heibio iddo at ben y grisiau oedd y tu ôl i Ifan. Clywodd Ifan y sŵn crafu ysgafn yn dod oddi yno hefyd. Yna stopiodd y sŵn a daliodd pawb ei anadl. Dechreuodd eto. Gwenodd Wil Goch ond teimlo am ei gadair â'i droed wnaeth Ifan a gollwng ei gorff main iddi. Yna'n sydyn ciciodd y llawr gan droi y gadair i wynebu'r grisiau a saethu o'i union eistedd ar yr un pryd.

"Ydi hynna yn fy ngwneud i'n ddigon da i ti?" meddai'n ddistaw, wrth i'r llygoden fawr ddymchwel yn farw i lawr y grisiau.

"Purion," atebodd Wil Goch heb newid dim ar ei wyneb. "Ond mi welais lawer un yn saethu'n well mewn hen ffeiriau ar hyd a lled y paith yma. Sut y gwn i dy fod ti o ddifrif? Mae llawer i hen siryf wedi cymryd arno ei fod am ymuno â Wil Goch ar hyd y blynyddoedd, er mwyn cael cyfle i'w roi'n saff mewn cell i bydru.''

''Petawn i yn un felly,'' ebe Ifan Ddu, ''mi fyddwn i wedi rhoi bwled ynddot ti pan oeddwn i'n sefyll wrth y drws yna gynnau. A byddai Nic wedi rhoi un arall yn y cysgadur yma cyn iddo ddeffro.''

Am eiliad tybiodd Nic fod llygaid creulon Wil Goch yn meddalu ychydig. Yna cododd Ifan Ddu o'i gadair eto ac meddai, wrth fynd i sefyll wrth ddrws agored y salŵn, ''Dyro ei fwledi yn ôl yn ei wn, Nic.''

Gwnaeth yntau hynny â bysedd crynedig a rhoi'r gwn i Ifan. Taflodd Ifan Ddu yr arf ar hyd y llawr i Wil Goch ac amneidio arno i'w godi. Trodd ei gefn arno yn boenus o araf, ei wn yn dal yn ei law.

''Rydw i'n cyfrif tri, Wil,'' gwaeddodd. ''Cei di ddewis. Saethu, neu ein derbyn ni.''

Safai Nic a Jac fel dau ddelw marmor yn gwylio'r ddau, a phob eiliad yn ymddangos fel awr iddynt. Trodd y ddau arall i wynebu ei gilydd, fel dau geiliog yn barod i ymladd. Yna'n ddisymwth dechreuodd Wil Goch chwerthin dros yr ystafell a rhoddodd ei wn yn ôl yn y wain.

''Rhaid imi ddweud un peth amdano fo, Jac,'' meddai, yn troi ei gefn ar Ifan. ''Mae'n ddigywilydd fel talcen tas, a welais i neb mor ddewr ers tro. Wyt ti'n meddwl bod y ddau yn haeddu cael galw eu hunain yn ddynion Wil Goch?''

Dyn o ychydig eiriau oedd Jac. Ni ddywedodd air un ffordd na'r llall, ond gwnaeth ryw esgus o sŵn rhyfedd yn ei wddf yn rhywle.

''Ond un peth arall, gyfeillion,'' ebe Wil Goch, yn tynnu potel o dan gownter y bar ac yn tywallt diod iddynt eu pedwar, wedi iddo ddod o hyd i bedwar gwydryn cyfan ymysg y darnau ar y llawr. ''Dydw i ddim yn ffŵl o bell ffordd. Mi fydd yn rhaid i unrhyw un sy'n ymuno â'r criw yma brofi ei hun yn gyntaf.''

Gan fod y nos yn syrthio'n dawel dros yr hen dref, aeth Jac ati i oleuo'r lamp olew fawr a hongiai o'r nenfwd, tra eisteddai'r tri arall i yfed o gwmpas y bwrdd crwn gan wylio ei gilydd yn barhaus.

''Dydi Wil Goch ddim yn trystio neb nes cael ei fodloni ynddo,'' ychwanegodd yr hen herwr.

''Mae hynny'n eithaf teg yn fy marn i,'' ebe Ifan Ddu ar ei draws ond ni ddywedodd Nic air.

Roedd yn glustiau i gyd ac yn ei galon roedd arno ofn clywed geiriau nesaf Wil Goch. Ni fu'n rhaid iddo aros yn hir i'w clywed.

''Bore fory,'' meddai Wil, yn tynnu blaen ei droed drwy'r llwch ar y llawr, i wneud map o'r llwybrau ar hyd y paith, ''fe ddaw'r goets wythnosol o Dre Wen ar hyd y paith yma.''

''Yn fan hyn,'' ychwanegodd, yn pwyntio at y

map yn y llwch, ''tua dwy filltir cyn cyrraedd croesffordd y Goedwig Wen, mae llethr bryn yn rhedeg i lawr i'r ffordd. Pan ddaw'r goets yfory bydd Jac a minnau ar ben y bryn yna yn edrych i lawr arni o gysgod y creigiau.''

Roedd Ifan Ddu wedi goleuo sigâr ddu, denau a daliai hi yng nghongl ei geg nes bod y mwg yn llenwi ei lygaid, nad oeddynt erbyn hyn yn ddim ond dwy linell fechan, wrth iddo wrando.

''Gwylio'r goets yn mynd?'' gofynnodd Nic, er mawr ddifyrrwch i Wil Goch. ''Pam?''

Chwarddodd y dihiryn mor sydyn ac annisgwyl fel y bu bron i Jac ollwng y lamp olew wrth iddo geisio ei hongian ar ei bach arferol.

''Pam?'' gwaeddodd Wil Goch, yn ei ddyblau'n chwerthin a'r dagrau'n rhedeg i lawr ei ruddiau. ''Glywaist ti, Jac? Pam rydan ni'n gwylio'r goets yn mynd heibio?''

Chwarddodd Jac hefyd wrth neidio oddi ar y bwrdd a mynd i sefyll wrth gadair ei feistr i edrych ar y map.

''Pam?'' meddai Wil Goch eto. ''Mi ddyweda i pam wrthat ti, yr hurtyn. Mi fydd Jac a minnau yn cuddio yn y creigiau yna yn dy wylio di a hwn,'' trodd ei ben i gyfeiriad Ifan Ddu, ''yn ymosod ar y goets, ac yn dwyn popeth o werth fydd arni. Mi rwyt ti wedi ymosod ar goets o'r blaen, debyg?''

''Wrth gwrs fy mod i,'' atebodd Nic, gan geisio ymddangos yn ddidaro, ond yn ei galon teimlai fod y byd ar ben.

Pennod 11

''Dyna hynna wedi ei setlo,'' gwenodd Wil Goch. ''Fydd yna ddim byd o werth ar y goets yfory. Ymhen pythefnos y bydd yn cario aur, ond fedra i ddim fforddio aros cymaint cyn rhoi prawf ar y ddau ohonoch.''

''Ac yn awr, gyfeillion,'' ychwanegodd, ''gwely cynnar i bawb. Bydd yn rhaid codi cyn dydd yn y bore. Mae taith hir o'n blaenau at y ffordd acw ar y paith.''

Cododd yn ddiog o'r gadair a thywallt llond gwydryn o ddiod iddo'i hun eto.

''Cewch eich dewis o wely,'' meddai'n siriol ddigon. ''Mae'r holl dref yma yn eiddo i mi. Ystafell foethus yn y gwesty ar draws y ffordd efallai, neu un o ystafelloedd cysgu'r salŵn yma?''

Cysgu ar lawr caled y salŵn oedd hanes y pedwar yn y diwedd, wedi iddynt fynd â'r ceffyl-au i adeilad bychan, sgwâr a fu unwaith yn gapel i'r dref aur.

Roedd yn amlwg oddi ar y llanastr oedd yn yr hen addoldy fod Wil Goch a'i giwed wedi arfer cadw eu ceffylau yno ers tro. Arhosodd Nic yno wedi i'r tri arall ddychwelyd i'r salŵn, i wneud yn siŵr bod ei geffyl yn gysurus dros nos. Yng ngolau'r llusern gwelodd yr hen seddau derw wedi eu tynnu o'r llawr a'u taflu'n blith draph-lith i'r gongl. Oddi tanynt gorweddai hen lyfr emynau, neu hynny a oedd ar ôl ohono wedi i'r llygod mawr hanner ei fwyta. Cododd Nic ef yn dyner a'i astudio'n ofalus. Nid oedd modd ei ddarllen o gwbl bellach a gwlybaniaeth y blynyddoedd wedi gludo ei dudalennau yn sownd yn ei gilydd. Ond wrth iddo feddwl am drannoeth yr oedd rhyw fath o gynllun yn dechrau ymffurfio yn ei feddwl.

Torrodd y ddalen olaf yn y llyfr, yr un heb ddim ysgrifen arni, plygodd hi'n daclus a'i rhoi yn ei boced. Ar yr un pryd teimlodd yn ei boced arall am y pwt pensel a gariai i bobman ond na wyddai ar y ddaear pam. Ni fu erioed yn un am ysgrifennu ond y noson hon diolchodd i'r drefn fod ei hen fodryb wedi mynnu ei anfon i'r ysgol yn 'Frisco i ddysgu'r grefft. Yn awr roedd gobaith iddo ddod yn rhydd o'r pwll diwaelod yr oedd ar fin syrthio iddo.

Wedi sicrhau bod yr anifeiliaid yn iawn, aeth Nic yn ôl tua'r salŵn. Roedd y tri arall yn cysgu, pob un wedi ei rolio yn ei flanced ar y llawr llychlyd. Aeth Nic i'r gornel bellaf oddi wrthynt ond roedd cwsg ymhell oddi wrtho.

Dechreuodd gondemnio ei hun am fod yn gymaint o ffŵl yn dod i'r fath le ac i gwmni cymaint o ddihirod. Un cam gwag o'i eiddo a byddai'r tri yn falch o gael rhoi bwled ynddo. Ochneidiodd yn uchel a cheisio cysgu. Toc syrthiodd i gwsg anesmwyth i freuddwydio amdano ei hun yn crwydro'r paith, y Cheyenne ar ei ôl, a Wil Goch a'i giwed yn ei wynebu.

Deffrodd yn chwys diferol i weld yr haul yn gwenu drwy'r ffenestr ac yn gwneud i'r llwch ddawnsio hyd lawr y salŵn. Eisoes roedd y tri arall allan ar y grisiau cerrig ac arogl coffi a chig moch yn llenwi'r ystafell wrth i'r awel dyner chwythu mwg y tân coed drwy'r drws. Rholiodd Nic ei flanced yn ddestlus ac aeth atynt. Ni chymerodd neb yr un sylw ohono wrth iddo dywallt coffi iddo'i hun o'r tegell du a ferwai ar dân coed ynghanol y ffordd.

Cyn i Nic orffen yfed ei goffi aeth y lleill i'r hen gapel i chwilio am eu ceffylau. Yna wedi gadael i'r creaduriaid yfed o'r cafn dŵr a safai o flaen y salŵn, aethant ati'n ddyfal i osod y cyfrwyau a'r awenau yn eu lle. Aeth Nic hefyd tua'r stabl. Gweryrodd Diafol ei groeso wrth ei weld yn dod drwy'r drws i'r capel bach. Pwysodd Nic ei ben ar ei gefn llydan ac yna edrych drwy'r ffenestr fechan.

Roedd y tri arall yn dal yn brysur gyda'u ceffylau. Am eiliad ffôl meddyliodd Nic am farchogaeth yn wyllt o'r dref, ond yna cofiodd am y mynyddoedd o'i flaen. Byddai'r dihirod wedi ei ddal cyn iddo fynd filltir o'r ffordd, yn enwedig Ifan Ddu ar ei geffyl du, chwim.

Aeth i'w boced a thynnu'r papur a'r pwt pensel ohoni ac, wedi gwneud yn siŵr nad oedd y lleill yn ei wylio, ysgrifennodd mewn ysgrifen flêr, blentynnaidd ar y papur.

''At Siryf y Dre Hir,'' darllenodd yn ddistaw wedi gorffen, ''Mae Wil Goch yn y dref aur.

Does ond tri ohonynt a does neb yn gwylio'r ffordd.'' Yna plygodd y darn papur yn ofalus cyn ei roi'n ôl yn ei boced a mynd i wynebu'r lleill.

Tywynnai'r haul yn gynnes ar warrau'r dynion wrth iddynt farchogaeth ar hyd y llwybrau culion, igam-ogam drwy'r mynyddoedd. Cymerodd ddwy awr iddynt gyrraedd pen y bryn caregog a redai i lawr at fin y ffordd drwy'r paith. Gwelsant fod y goets eisoes ar ei thaith.

Eisteddodd y pedwar ar eu ceffylau ar ben y bryn, yn gwylio'r llwch yn codi'n gymylau o olwynion y goets, wrth iddi daranu ar draws y paith. Tynnodd Wil Goch wats aur hyfryd o'i boced ac agor y caead a orchuddiai'r gwydr. Daeth nodau tiwn ysgafn ohoni wrth iddo ddweud y byddai hanner awr arall cyn y cyrhaeddai'r goets droed y bryn islaw. Yna dechreuodd chwarae â'r wats gan wenu, ei hagor a'i chau bob yn ail a gwrando ar y nodau'n cychwyn ac yn stopio. Toc rhoddodd hi yn ôl yn ei boced a diflannodd ei wên.

''Mi fyddwn ni'n eich gwylio chi o'r fan hyn,'' meddai, yn tynnu pâr o wydrau, tebyg i'r rhai a gariai Ifan Ddu, o'i boced a'u gosod ar y graig o'i flaen, wrth ochr y ddau wn.

''Un cam o'i le,'' ychwanegodd yn chwyrn, wrth i Nic ac Ifan gychwyn i lawr y bryn. Ni orffennodd ei frawddeg ond gwyddai'r ddau yn iawn beth oedd ar ei feddwl.

Nid oedd unman gwell yn y cyffiniau i atal y goets fawr na'r tro yn y ffordd ar waelod y bryn.

Yr oedd digonedd o greigiau mawrion bob ochr i'r ffordd i guddio ynddynt. Wedi clymu ei geffyl wrth fôn hen goeden farw, dringodd Nic i ben un o'r creigiau a gorwedd yno i syllu ar y paith yn ymestyn ymhell tua'r gorwel. O'r fan hon medrai weld y goets yn carlamu'n wyllt tuag ato, y pedwar ceffyl yn anadlu'n drwm yn awel y bore. Medrai weld Ifan Ddu hefyd, yn aros ar ei geffyl y tu ôl i graig arall, ychydig o'i ôl, y ddau wn yn barod yn ei ddwylo, a gwyddai, heb eu gweld, fod pedwar llygad brwnt yn gwylio pob symudiad o'i eiddo o ben y bryn.

Cododd ar ei gwrcwd yn barod i neidio, wrth i'r goets wibio tua'r graig. Un teithiwr oedd ynddi heblaw am y gyrrwr a'r gofalwr. Daliodd Nic ei anadl wrth i'r pedwar ceffyl fynd heibio iddo fel mellt ac yna plymiodd i'r gwagle gyda gwaedd uchel.

Glaniodd yn dwt ar ganol pen y goets. Siglai honno o ochr i ochr yn wyllt a bu bron iddo a saethu oddi arni, ond rhuthrodd am gefn sedd y gyrrwr ag un llaw i achub ei hunan.

Roedd syndod yn gymysg ag ofn yn llygaid y gofalwr wrth iddo droi a chodi ei wn. Gwaeddai'r gyrrwr yn uchel ar y ceffylau a chlywai Nic sŵn saethu wrth i Ifan Ddu garlamu ar eu holau. Nid oedd eiliad i'w golli. Ciciodd y gofalwr yn galed, a gwelodd y gwn yn neidio o'i law wrth iddo syrthio yn bendramwnwgl i'r llawr, a gorwedd yn llonydd yng nglaswellt y paith. Rhoddodd Nic ei fraich am

wddf y gyrrwr a gwasgu, gan wthio'r gwn i'w
gefn â'r llaw arall.

"Os wyt ti'n hoffi byw, y cnaf," gwaeddodd
yn ei glust, a'r gwynt yn cipio'r geiriau o'i enau,
"atal y goets."

Ond nid oedd gyrrwr y goets yn ffŵl. Tynnodd
yn dynn yn yr awenau a sglefriodd y ceffylau
ofnus ar hyd y paith nes dod i aros yn chwys
diferol ar fin y ffordd.

"Ardderchog, Nic," gwaeddodd Ifan Ddu yn
dod i aros wrth ochr y goets, a dal gwn wrth ben
y teithiwr i'w frysio ohoni. Neidiodd y gyrrwr
i'r llawr hefyd a sefyll wrth ochr ei deithiwr i
wynebu Nic, ac ofn lond ei lygaid.

Cymerodd Ifan Ddu y gist bren a chlo arni o
du ôl y goets a'i rhoi o'i flaen ar y cyfrwy. Yna
cerddodd at y ddau garcharor a chymryd eu
gynnau oddi arnynt.

"Wyt ti'n barod?" gwaeddodd ar Nic, yn
cychwyn yn ôl i fyny'r bryn.

"Mae gin i un peth heb ei orffen yn iawn,"
gwenodd yntau, yn tywys ei geffyl tuag at gorff
llonydd y gofalwr.

Wedi ei gyrraedd trodd ei gefn at ben y bryn
wrth wyro i lawr i archwilio'r truan. Nid oedd
fawr gwaeth ar ôl ei godwm a gwyddai Nic y
byddai ar ei draed eto cyn hir. Gwthiodd Nic y
darn papur i boced y gofalwr yn sydyn ac yna
neidio ar ei geffyl.

Â chongl ei lygaid medrai weld rhywbeth yn
sgleinio ar ben y bryn, yr haul yn wincio yn y

gwydrau wrth i Wil Goch ei wylio. Gwenodd Nic ynddo'i hun a thynnodd y gwn o'r wain. Anelodd at y llawr droedfedd oddi wrth ben y gofalwr a phwysodd ar y triger. Neidiodd ysgyfarnog y paith o'i wâl ar fin y ffordd wrth glywed yr ergyd annisgwyl a diflannu i ddiogelwch y creigiau.

"Wyt ti'n fodlon rŵan, Wil Goch?" sibrydodd Nic wrth weld y fwled yn plannu i'r ddaear.

Yna sbardunodd ei geffyl ac aeth i fyny'r bryn ar ôl Ifan Ddu.

Wedi i'r ddau gyrraedd pen y bryn roedd croeso ar wyneb Wil Goch.

"Croeso i griw yr hen Wil, gyfeillion," gwenodd. "Mae'n ddrwg gin i fy mod wedi eich drwg-dybio chi. Mae angen dynion da arna i yn awr ar ôl colli'r ddau arall. Gyda'n gilydd mi fyddwn ni yn medru rheoli'r paith yma."

Yna â bloedd uchel, arweiniodd hwy yn ôl ar garlam dros y mynyddoedd. Wedi teithio am awr, galwodd arnynt i aros ac aethpwyd ati'n ddyfal i gynnau tân. Tra oedd y dŵr yn berwi yn y tegell, saethodd Wil Goch y clo oddi ar y gist bren a ddygwyd o gefn y goets.

"Dim byd o werth yma," meddai gan dynnu allan fwndeli o lythyrau a phapurau, a gadawodd i'r gwynt eu gwasgaru ar hyd ochr y mynydd.

Wats aur neu ddwy, tlysau merched a dau wn, dyna'r oll oedd ar ôl yn y gist gadarn.

"Sothach," chwarddodd Wil Goch, gan

ollwng y gist a'r cyfan oedd ynddi dros ochr y clogwyn.

Gwyliodd Nic hi yn syrthio'n ddarnau ar y creigiau ymhell islaw a dechreuodd deimlo yn drist.

"Paid ag edrych mor sur, gyfaill," gwaeddodd Wil arno. "Doedd rhyw fymryn fel yna o werth yn y byd i mi. Aros di nes yr awn ni yn ôl i'r hen dref yna, ac mi gei di weld be' ydi trysor go iawn. Dydyn nhw ddim wedi rhoi pris ar ben Wil Goch am ddim ysti."

Ond digon distaw fu Nic ar hyd y daith yn ôl. Poenai am ofalwr y goets. Oedd y creadur yn iawn tybed? Wedi'r cwbl, ymresymai ag ef ei hun, roedd y ddaear yn ddigon meddal yn y fan lle syrthiodd. Ond beth petai heb weld y nodyn yn ei boced? Beth petai'r ddau arall yn mynd, a gadael iddo i orwedd yno ar y paith?

Unwaith, daeth Wil Goch ato a'i daro ar ei gefn fel hen ffrind roedd heb ei weld ers misoedd.

"Wnes i ddim meddwl dy fod ti yn un mor dda efo gwn," meddai. "Os wyt ti'n fodlon saethu dyn ar y llawr, yna rwyt ti'r dyn iawn i Wil Goch."

Nid oedd diwedd ar ei hwyliau da. Siaradai yn ddi-baid ar hyd y ffordd ac ymffrostiai wrth ddweud ei hanes yn difetha ac yn lladd o un pen i'r paith i'r pen arall ar hyd y blynyddoedd. Ymfalchïai yn y ffaith bod pris ar ei ben. Nid pawb oedd yn werth mil o ddoleri i'r siryf.

"Ond fydd neb byth yn dal Wil Goch, a chael yr arian," gwaeddodd, nes bod eco ei lais yn ei herio yn ôl o'r creigiau. "Rydw i'n rhy glyfar iddyn nhw, yn rhy glyfar i'r un siryf."

Wedi iddynt gyrraedd y dref, aeth Wil Goch â hwy yn syth at geg ogof lydan ar lethr y bryn yng nghefn y salŵn. Goleuodd lusern a hongiai ar fach yn yr agoriad, ac arwain y ffordd i grombil y ddaear. Rhedai'r dŵr yn ddisglair i lawr muriau'r ogof a rhwbiai eu dillad yn rhewllyd yn eu crwyn ar ôl gwres yr haul oddi allan.

Wrth iddynt fynd ymhellach i'r ogof, sylwodd Nic ar hen forthwylion a chynion wedi rhydu'n goch, yn gorwedd yma ac acw hyd y llawr. Bu rhywun yn gwastraffu ei fywyd yn naddu'r graig galed am flynyddoedd i geisio'r metel gwerthfawr a dynnai ddynion yma o bob rhan o'r byd. Ond bellach nid oedd dim ar ôl ond y dŵr yn rhedeg i lawr ochrau'r ogof. Gwelsant bâr o hen esgidiau yn llwydni drostynt, ac ambell i het dyllog wedi breuo yn ystod y blynyddoedd maith.

Wedi aros, cododd Wil Goch y llusern uwch ei ben i oleuo'r ffordd o'i flaen. Craffodd y tri arall dros ei ysgwydd. Roeddynt ym mhen draw'r ogof, a agorai allan yn ystafell eang, sgwâr. Yno, wedi eu clymu'n ofalus mewn hen sachau, roedd ugeiniau o ynnau, gynnau'r fyddin, a chistiau enfawr yn llawn bwledi iddynt.

"Mae'r rhain yn fwy o werth na'r aur a gloddiwyd o'r hen ogof yma," chwarddodd Wil Goch ac eco'i lais yn y parawydydd moelion yn codi arswyd ar Nic. ''A meddwl bod yr hen ddynion aur yna wedi bod yma yn tyllu a chwilio am oes. Fyddai holl aur yr ogof yma ddim yn ddigon i brynu yr hyn sydd ynddi'n awr.''

''Gynnau,'' meddai Ifan Ddu, gan boeri ar y llawr yn ddirmygus. ''Dydi gynnau'n werth dim i mi. Aur sydd . . .''

Gafaelodd Wil Goch yn ei ysgwydd yn chwyrn a'i ysgwyd ond cyn iddo gael cyfle i ddweud gair, trodd y llall i'w wynebu, ei law ar garn ei wn.

''Cyffwrdd di ben dy fys yna i eto'r dihiryn,'' meddai, ''ac mi fydd edifar gin ti.''

Melltennodd llygaid Wil Goch am eiliad hefyd, ac yna cymerodd arno nad oedd dim byd o'i le, a thynnu ei wats allan eto i edrych arni yng ngolau'r llusern, a gwrando am eiliad ar y nodau pêr yn llenwi'r ogof.

''Fedrwn ni ddim aros yn fan hyn drwy'r dydd i wastraffu amser,'' meddai. ''Oes yna fwy o'r ffa bach duon yna yn y salŵn gin ti, Jac?''

''Digon i fwydo byddin,'' oedd yr ateb.

''Felly allan â ni i chwilio am damaid o ginio,'' ebe Wil Goch, yn ymwthio heibio'r tri arall i arwain y ffordd unwaith eto.

Pennod 12

"Mi fydd y Cheyenne yn falch iawn o'r stwff yna sydd yn yr ogof," eglurodd Wil Goch pan oeddynt yn gorweddian yn yr haul ar ôl cinio o ffa bach a chig eidion. "Mi fydd Llygad y Daran yn talu'n dda amdanynt mewn aur pur."

"Pwy glywodd am Indiaid yn talu mewn aur." Roedd dirmyg yn llais Ifan Ddu o hyd. "Dyn hela ydi'r Cheyenne, nid cloddiwr aur."

Cododd Wil Goch ddyrnaid o lwch o'r ffordd wrth ei droed a gadael iddo redeg yn ffrwd fechan rhwng ei fysedd wrth ateb yn slei.

"Ble mae'r aur a gloddiwyd o'r hen fynydd-oedd yma meddet ti? Pwy fu'n achos i hel pawb o'r dref yma a'i gadael yn dref farw i'r llygod mawr a'r cŵn gwyllt? Oes gin ti ddim syniad o gwbl?"

"Pam yr wyt ti'n meddwl," ychwanegodd, wrth weld nad oedd Ifan Ddu am ei ateb, "yr aeth pawb oddi yma mor sydyn, a gadael popeth fel yr oedd? Fyddet ti'n mynd a gadael dy ddod-refn i bydru, dy gartref i ddymchwel yn y gwynt? Ofn y Cheyenne oedd ar y ffyliaid. Gwlad y Cheyenne fu'r lle yma erioed. Ac wedi gadael iddyn nhw gloddio am yr aur fe ddaeth y Cheyenne o'r mynyddoedd i hawlio eu cyfoeth yn ôl. Daear y Cheyenne oedd hi ac eiddo'r Cheyenne oedd ffrwyth y ddaear honno. Mae digon ym mhen y dyn coch yna ysti."

"A'r aur?" gofynnodd Ifan Ddu, yn tanio un o'r sigârs du a'i tharo yng nghongl ei geg cyn gwylio cylchau o fwg glas yn codi o'i blaen yn araf.

"Mae'r aur yn saff gan y Cheyenne. Ond cyn pen yr wythnos mi fydd yn saff gin Wil Goch. Mi rydd y dyn coch yna unrhyw beth am wn da a digon o ergydion i fynd gydag ef."

Teimlai Nic yn gysglyd â'r haul yn gynnes ar ei war. Tynnodd ei het dros ei wyneb ac aeth llais cras Wil Goch ymhellach a phellach oddi wrtho. Teimlai ei hun yn suddo'n braf i gwsg melys. Yna, fel o bell, clywodd sŵn cân ysgafn.

Neidiodd ar ei eistedd fel mellten i weld y tri arall yn ei wylio, a Wil Goch yn dal y wats yn dynn wrth ei glust. Gwthiodd Nic ei law oddi wrtho mewn tymer, a symud ymhellach oddi-wrthynt gan feddwl ceisio mynd yn ôl i gysgu.

Ond gwnaeth yr hyn a welodd yn llaw Ifan Ddu i'r gwallt godi'n wrychyn ar ei ben, ac achosi i'w waed fferru a daeth geiriau Llygad y Daran yn ôl iddo, "y dyn gwyn sydd yn llosgi ar y paith ac yn lladd ei frawd."

Roedd yn amlwg bod gan Wil Goch feddwl mawr o'r hen wats aur. Yn awr rhoddodd hi yn llaw Ifan Ddu wrth i hwnnw ei hedmygu. Agorodd yntau'r cefn ac edrych ar y ddau lun wedi eu gludo wrth y cas.

"Llun dy rieni?" gofynnodd.

"Perthnasau i mi," oedd ateb swta Wil Goch

wrth gipio'r wats oddi arno a'i rhoi'n ôl yn ei boced.

Ond roedd Nic wedi gweld digon. Er ei fod yn rhy ifanc i gofio wyneb ei dad a'i fam, cariai ddarlun ohonynt yn ei boced, yr unig ddarlun a achubodd Mr. Macdonald o'r hen furddun ar y paith y bore ofnadwy hwnnw flynyddoedd yn ôl. Llun ei dad a'i fam oedd ar y wats aur ym mhoced Wil Goch hefyd. Nid oedd amheuaeth o gwbl yn ei feddwl, er mai dim ond cipolwg a gafodd arni.

Wats fy nhad, meddyliodd Nic yn ddwys, ni fedr fod yn un i neb arall, ym mhoced dihiryn fel Wil Goch. Tynnodd ei het dros ei wyneb eto rhag ofn i'r lleill ei weld yn gwelwi a brathodd ei wefl rhag gweiddi. Petai'n ddigon ffôl i ymosod ar Wil a dwyn y wats oddi arno, byddai'r ddau arall wedi ei saethu'n farw cyn iddo fedru tynnu'i wn o'r wain. Cofiodd am eiriau'r Cheyenne eto ac yn awr nid oedd amheuaeth o gwbl yn ei feddwl pwy oedd y dihirod a'i gwnaeth yn amddifad a digartref.

Gwrandawodd Nic ar y tri arall yn siarad, a phob gair a ddeuai o enau Wil Goch yn ei gythruddo fwy a mwy. Ni fedrai ddal lawer yn hwy a chododd yn sydyn gan gerdded oddi wrthynt.

''I ble rwyt ti'n mynd?'' gwaeddodd Wil Goch ar ei ôl.

''Am dro. Dyna'r cwbl,'' atebodd Nic a'i lais yn gryg gan wylltineb. ''Rydw i'n mynd i weld beth sydd ar ôl yn yr hen dref yma.''

Wedi cyrraedd y gwesty enfawr ar gwr y dref, aeth i mewn i gysgod yr ystafell fyw, a fu unwaith yn un o'r rhai mwyaf moethus yn y dref. Eisteddodd yn swrth mewn cadair esmwyth a theimlai ei ben yn troi. Bu'n eistedd yno'n hir yn chwarae â'i wn a synfyfyrio i'r nenfwd, ei lygaid heb weld dim.

Gwnaeth tawelwch ac oerni'r ystafell iddo deimlo'n well, a thoc cododd ar ei draed yn araf ac edrych yn y drych a hongiai uwchben y twll du, a fu unwaith yn lle tân hardd. Pan welodd fod y gwrid yn dechrau dychwelyd i'w ruddiau aeth allan i'r ffordd, gan gerdded ar draws y stryd heb daflu golwg i gyfeiriad y salŵn. Arhosodd wrth risiau pren hen swyddfa'r siryf, ciciodd y drws bregus yn agored a mynd drwyddo.

Fel y gweddill o adeiladau'r hen dref roedd yr ystafell hon hefyd fel petai wedi ei gadael ar frys mawr. Roedd lluniau drwgweithredwyr wedi melynu yn yr haul hyd y waliau, a llond y grât o ludw, a'r gadair siglo yn gorwedd mewn môr o lwch a hen bapurau na fyddai neb yn eu darllen mwyach.

Rhedodd llygoden fawr ar draws y llawr wrth i Nic dorri ar ei heddwch, a diflannu drwy'r barrau dur i un o'r celloedd. Dwy gell oedd yno ac un ohonynt wedi ei chloi'n saff. Edrychodd Nic drwy'r barrau a chymerodd ei wynt ato wrth weld bocs ar ôl bocs yn llawn o fwndeli o ddeinameit y tu ôl iddynt. Rhan o offer gwaith Wil Goch, meddai wrtho'i hun.

Bu'n meddwl unwaith iddo glywed sŵn ceffyl yn carlamu tuag ato ond nid oedd ganddo'r nerth na'r galon i edrych drwy'r ffenestr i weld pa un o'r tri oedd ar gymaint o frys. Aeth i sefyll wrth yr hen rât haearn a darllen ambell rybudd ar y wal o'i flaen. Yna gollyngodd ei hunan yn drwm i'r hen gadair siglo a chodi ei draed ar y pentan rhydyllog. Ni chymerodd yr un sylw o'r sŵn traed yn dod tuag at y drws y tu cefn iddo.

Ond cododd ar ei draed ar amrantiad pan chwibanodd rhywbeth heibio i'w glust a phlannodd cyllell fain, finiog ym mhlaster y wal. Fferrodd ei waed yn ei wythiennau wrth iddo sylwi ar y darn papur budr yn chwifio wrth ei llafn, y darn papur a osododd mor ofalus ym mhoced gofalwr y goets fawr.

''Be' yn enw rheswm?'' meddai Nic, yn troi'n araf i wynebu'r drws.

Safai'r tri yno, a'r siryf o'r Dre Hir y tu ôl iddynt, yn ei wylio.

''Dyna fo'r cnaf,'' clywodd Nic lais y siryf yn dod ato fel o bell, ''Dyna'r bradwr oedd yn fodlon dy werthu di a'th griw, Wil.''

Am ychydig eiliadau meddyliodd Nic mai breuddwydio yr oedd. Tybiai mai tynnu yn ei goes yr oedd y siryf, a disgwyliai weld mintai o'i ddynion yn ei ddilyn drwy'r drws unrhyw funud. Ond ni fu Wil Goch yn hir cyn dinistrio ei obeithion yn llwyr.

Chwifiodd ei wn o flaen wyneb Nic wrth ei wthio wysg ei gefn tua'r gell wag. Wedi i Nic agor y drws o farrau dur, rhoddodd y dihiryn hergwd iddo nes ei fod yn rhychu'r llwch ar y llawr cerrig. Caeodd Jac y drws, gan ei folltio a'i gloi, tra cadwai ei feistr y gwn wedi ei anelu at Nic. Yna safodd y pedwar yno yn gwylio'r carcharor, fel pedair cath yn gwylio llygoden wedi ei chornelu. Cafodd Wil Goch hwyl am ychydig yn difyrru ei hunan drwy saethu at y llawr wrth draed Nic a chwerthin nes bod y dagrau'n llifo, wrth ei weld yn neidio yma ac acw o ffordd y pelenni tanllyd.

"Does neb yn gwneud ffŵl o Wil Goch fwy nag unwaith," ysgyrnygodd. "Doeddat ti ddim yn gwybod fod gan hen ddihiryn fel fi ffrindiau ymysg dynion y gyfraith yn nac oeddat, y llipryn? Wyddet ti ddim fod y siryf yn gweithio i mi?"

Eistedd yn fud yng nghornel y gell yn gwylio'r barrau dur yn dawnsio yn y gwres ar y llawr a wnaeth Nic.

"Beth wyt ti am wneud efo'r cnaf, Wil?" clywodd y siryf yn gofyn.

"Gad i mi roi bwled ynddo fo," ebe Ifan Ddu, yn gwgu ar Nic. "Mae o wedi fy nhwyllo innau hefyd. Dyro fo i mi ac mi ddysga i wers iddo."

"Fi sydd piau hwn, gyfeillion," ebe Wil Goch, yn codi cadair ysgafn a'i lluchio ar draws yr ystafell yn ei gynddaredd. "A fi sy'n mynd i dalu'n ôl iddo fo."

Cerddodd tua'r barrau eto a dangosodd res o ddannedd melyn, budr i Nic wrth wenu arno.

"Mae bwled yn rhy dda i ti, y dihiryn," meddai ac atgasedd lond ei lygaid. "Aros di yn fan yna tan yfory. Welaist ti'r Cheyenne yn cosbi rhywun ryw dro?"

Chwarddodd dros y lle wrth weld yr ofn yn gwawrio yn llygaid ei garcharor mud, cyn ychwanegu, "Mi gawn ni weld be' wnaiff y Cheyenne â pheth yr un fath ag o. Welaist ti ddyn gwyn ar ôl i'r Indiaid yna dynnu ei dafod o'i geg? Welaist ti un o garcharorion y Cheyenne wedi ei glymu draed a dwylo ar led ar y paith yna a'r fulturiaid yn hofran uwch ei ben? Neu fuaset ti'n hoffi cael dy gladdu mewn pwll tywod at dy wddf a dim ond dy ben yn y golwg, i'r haul grasu pob modfedd ohono yn araf deg?"

"Roedd o yn ymddangos yn ddewr iawn yn anfon y nodyn yna i'r siryf," ychwanegodd, yn troi at y lleill. "Cyn hir fe gawn ni weld pa mor ddewr ydi o mewn gwirionedd."

Ar hynny trodd y pedwar eu cefnau ar y gell ac anwybyddu Nic yn llwyr. Gwyliodd yntau hwy'n chwarae cardiau wrth fwrdd bregus yr hen swyddfa, a gwrandawodd ar y gwynt yn codi'n gwynfanus yn yr hen simdde, fel pe bai'n wylo mewn tosturi drosto.

Toc cododd y siryf ar ei draed a thaflu ei gardiau ar y bwrdd.

"Rhaid i mi feddwl am fynd tua thre," meddai, "neu bydd y nos wedi fy nal cyn imi fynd o'r hen fynyddoedd yma."

Dal i chwarae wnâi'r tri arall, heb gymryd yr

un sylw ohono ac yntau yn dal i sefyll yno heb dynnu ei lygaid oddi ar wyneb Wil Goch.

"Roeddwn i'n meddwl dy fod ti'n mynd," meddai Wil, yn rhythu i gyfeiriad y siryf. "Mi fydd y nos a'r storm wedi dy ddal os na fyddi di'n brysio."

Rhwbiodd y siryf ei seren arian â'i lawes ac edrych ar y llawr yn bur anesmwyth. Chwarddodd Wil Goch yn sydyn a thynnodd bwrs o'i wregys ac agor y llinyn lledr oedd am ei geg. Cymerodd ddeg doler arian o'r pwrs a'u lluchio'n sydyn wrth draed y siryf. Gwyliodd yntau hwy'n rholio i bob cyfeiriad, cyn mynd ar ei liniau'n frysiog i'w hel.

Wedi iddo gael y cwbl i'w boced gwylltiodd dyn y gyfraith yn gacwn ulw a thynnu ei wn o'r wain gan ei chwifio o flaen trwyn Wil Goch yn fygythiol.

"Y lleidr," gwaeddodd yn chwyrn. "Mae o'n werth llawer mwy na deg doler i ti. Rydw i wedi achub dy fywyd diwerth di, yn peryglu fy mywyd fy hun yn dod yma i dy rybuddio."

Ni chynhyrfodd Wil Goch yr un mymryn. Syllodd i fyw llygaid y siryf gan anwybyddu'r gwn a chwifiai wrth ei drwyn.

"Faint wyt ti isio, Jiwdas?" gofynnodd yn sarrug.

"Faint ydi o werth?" meddai'r llall, yn tawelu rhyw gymaint. "Hanner can doler?"

"Hwde'r cnaf," gwaeddodd Wil gan daflu'r pwrs tuag ato. "Mae ugain arall ynddo. Cymer

120

hwy'n ddistaw a cer o fy ngolwg i cyn imi dy roi yn y gell yna efo'r dihiryn arall.''

Gafaelodd y siryf yn y pwrs yn frysiog a rhuth-rodd drwy'r drws agored am ei geffyl heb gyfrif yr arian. Safai Wil Goch ar ben y grisiau yn ei wylio yn neidio i'r cyfrwy. Clywodd Nic sŵn carnau ei geffyl yn cychwyn ar hyd y ffordd ac yna agorodd ei lygaid led y pen mewn dychryn wrth iddo wylio Wil Goch.

Yn boenus o araf deg, cododd Wil ei wn a chymerodd amser i anelu at gefn diamddiffyn y siryf.

''Fydda i ddim yn hoffi dynion sy'n mynd yn rhy farus,'' meddai'n ddistaw.

Yna'r glec yn diasbedain yn y creigiau o gylch y dref a syrthiodd dyn y gyfraith i'r llawr. Aeth Wil Goch tuag ato a'r gwn yn mygu yn ei law. Trodd ef a'i wyneb i fyny â'i droed, cymerodd y pwrs oddi arno a'i roi'n ôl yn saff yn ei boced ei hun. Yna gwaeddodd ar Jac a rhedodd yntau at ei ochr fel ci bach yn ufuddhau i orchymyn ei feistr.

''Cer â'r dihiryn o fy ngolwg i,'' meddai Wil Goch, ''a lluchia'r cnaf diwerth i un o'r ogofâu yna o'r golwg.''

Drwy gyda'r nos bu Nic yn y gell heb neb yn agos iddo. Aeth yn dywyll ynghynt nag arfer a dechreuodd y gwynt udo eto yn y simdde, a chwythu'r llwch yn gawodydd ar y ffordd oddi allan. Drwy ffenestr ei gell medrai weld drws y salŵn yn siglo yn y gwynt, ond er bod golau egwan y lamp yn taflu sgwâr melyn ar y grisiau o'i flaen nid oedd golwg o fywyd yn unman.

Weithiau chwythai'r gwynt ddarn o bren o do rhyw adeilad a'i gario ar hyd y dref fel darn o bapur sidan. Yn y llwyd-olau tybiai Nic iddo weld rhywun yn carlamu i lawr y stryd ond doedd neb ar ei ffordd i'w achub, dim ond llwyn o goed crin yn rholio o flaen y gwynt heibio ffenestr ei gell. Gwasgodd farrau'r ffenestr nes bod ei figyrnau'n wyn ac ysgydwodd hwynt, ond roedd y gell wedi ei gwneud i ddal dynion llawer cryfach na Nic.

Nid oedd gobaith ganddo i ddianc o'i garchar llwm, ac fel pe bai'r tywydd hefyd yn ei boenydio, dechreuodd oeri wedi i'r nos daflu ei mantell dros y dref. Eisteddodd Nic yn y gornel yn y tywyllwch, ei gefn ar y wal, a chododd goler ei gôt dros ei glustiau i geisio cadw'n gynnes. Roedd ei gell yn hollol foel, heb na gwely na phlanced ynddi. Ceisiodd wynebu noson annifyr gan ymlid meddyliau am drannoeth o'i feddwl.

Gwelodd lewyrch y llusern cyn iddo glywed sŵn traed yn dod tua'i gell. Neidiodd i'w draed pan welodd Ifan Ddu yn dod drwy ddrws y swyddfa, y llusern yn un llaw a phiseraid o goffi poeth yn y llall.

''Dydi Wil Goch ddim am adael i'w garcharorion sychedu ar eu noson olaf ar yr hen ddaear yma,'' crechwenodd wrth wthio'r piser diod drwy'r barrau.

Aros yn ei unfan a wnaeth Nic i wylio'r llall yn hongian y llusern ar fach yn y nenfwd a'r golau egwan, melyn yn taflu cysgodion annaearol ar y parwydydd.

''Dwyt ti ddim am yfed?'' gofynnodd Ifan Ddu, yn dod i sefyll wrth y barrau ar ôl gorffen hongian y llusern.

Yna amneidiodd ar Nic i ddod yn nes a gostyngodd ei lais yn gyfrinachol.

''Dwyt ti ddim isio hwn chwaith,'' gwenodd, yn gwthio rhywbeth rhwng y barrau dur. Wrth gamu tuag ato gwelodd Nic y gwn yn ei law, y carn yn ei wynebu. Aeth gam yn nes eto a theimlo'r arf yn ei law a brysiodd i'w guddio dan ei gôt.

''Paid â gwneud camgymeriad eto,'' siaradodd Ifan Ddu, yn mynd yn ôl at y drws ac yn edrych drwyddo i wneud yn siŵr nad oedd neb wedi ei ddilyn.

''Ond pam?'' ebe Nic mewn penbleth.

''Gwrando'n astud,'' meddai'r llall, yn dod i bwyso ar y barrau. ''Does gen i fawr o amser neu bydd Wil Goch yn amau bod rhywbeth o'i le.

''Mi wnest ti gamgymeriad yn meddwl fy mod i yn un o'r giwed yna, Nic. Mae'n eithaf gwir fy mod i wedi bod yn dilyn Wil Goch ers misoedd, o un pen i'r wlad yma i'r pen arall. Ond nid er mwyn cael ymuno ag o. Wyddet ti ddim fod mil o ddoleri yn wobr am ei ddal? A phum cant yr un am bob un o'i ddynion?''

''Heliwr bownti?'' ebe Nic mewn syndod. ''Ar ôl gwobrau yr wyt ti.''

''Oes rhywbeth o'i le yn hynny?'' gofynnodd Ifan Ddu, yn ddig braidd. ''Rwyt ti'n lwcus dros ben mai dyna ydw i, gyfaill. Mae yna fil a hanner o ddoleri yn disgwyl pwy bynnag fydd yn dal y ddau ddihiryn yna . . .''

''Ond pam aros cyhyd?'' Roedd amheuaeth yn llais Nic. ''Mi gefaist ti ddigon o gyfle i saethu'r ddau pan ddaethom ni yma gyntaf, a'u cael yn y salŵn.''

''A thithau wrth fy ochr i,'' meddai Ifan Ddu. ''Y pryd hynny roeddwn i'n meddwl dy fod tithau yn un o'r giwed hefyd, cofia.''

''Mae yna un peth bach arall hefyd, wrth gwrs,'' ychwanegodd ar ôl edrych drwy'r drws unwaith yn rhagor. ''Mae ffortiwn yn yr hen ogof yna tu ôl i'r salŵn.''

''Ond gynnau'r fyddin? Gynnau wedi eu dwyn ydyn nhw,'' meddai Nic.

''Pa waeth,'' oedd yr ateb. ''Fi fydd eu piau nhw fory. Ac os y medrwn ni fod yn ddigon cyfrwys, mi fedrwn ni gael y gynnau a'r aur y bydd y Cheyenne yn ei dalu amdanynt.''

Fflachiai ei lygaid trachwantus wrth iddo sibrwd, ''Y wobr, y gynnau a'r aur, y cwbl yn eiddo i ni. Os wyt ti'n fodlon helpu, cei hanner yr arian sydd ar ben y ddau ddihiryn yna. Myfi fydd piau'r gynnau a'r aur.''

Ysgydwodd Nic ei ben yn araf.

"Os caf i'r wats aur yna sydd ym mhoced Wil Goch," meddai'n ddistaw, "Yna mi fydda i yn fodlon."

"Wats," rhuodd Ifan Ddu, yn methu'n lân â deall. "Wats geiniog a dimai ydi hi."

Ac yna, rhag ofn i Nic newid ei feddwl, addawodd y byddai'r wats aur yn ei boced cyn amser swper y dydd canlynol.

"Mae'r Cheyenne yn dod â'r aur yma p'nawn fory," eglurodd. "Erbyn hynny mi fydda i wedi diflannu, ond bydd Wil Goch a'i ffrind yn rhy brysur i ddod i chwilio amdanaf. Pan ddaw dy gyfle di i ddianc, cer ar dy union i ben yr hen gawg dŵr yna sy'n sefyll ar ganol y dref."

Yna, heb air yn rhagor, aeth allan i'r nos.

Pennod 13

''Heliwr bownti,'' meddai Nic yn uchel wedi iddo fynd o'r golwg.

Wnaeth o ddim meddwl am hynny o gwbl wrth wylio Ifan Ddu wrth ei swper yn y gwesty yn y Dre Hir. Bu'n ffŵl i beidio ei adnabod ynghynt, ac yntau wedi gweld degau ohonynt ar ei deithiau ar hyd y paith. Dynion yn ennill arian mawr drwy grwydro o dref i dref i ddal drwgweithredwyr fel Wil Goch oeddynt, ac yna'n derbyn y gwobrau hael.

Dynion tebyg i Ifan Ddu oeddynt bron i gyd, yn cario gynnau drud, yn saethwyr penigamp, a'u dillad yn ddu ac yn drwsiadus.

Cofiodd Nic amdano yn y Dre Hir, dyn ar ei ben ei hun, heb siarad â neb os nad oedd yn gofyn cwestiwn. Roedd ei holl osgo yn gweiddi 'heliwr bownti', ac yntau wedi ei gamgymryd am un o ddynion Wil Goch!

Ond, fel y siryf, yr oedd Ifan hefyd yn dechrau mynd yn rhy farus. Byddai Nic yn falch o'i helpu i gael gwared o ddihiryn fel Wil Goch, ond peth arall oedd y gynnau a'r aur a thwyllo'r Cheyenne. Roedd y cwbl wedi eu dwyn unwaith yn barod. Doedd arno ddim eisiau gweld y gynnau yn mynd i'r Indiaid ychwaith ac arswydai wrth feddwl beth fyddai canlyniad gweithred mor ffôl.

Teimlai'n llawer hapusach yn awr wrth

deimlo'r gwn yn oer a chaled dan ei gôt. Drwy'r nos bu'r gwynt yn cwynfan ac yn ysgwyd yr hen swyddfa i'w sylfaen gan chwipio'r drws yn ôl a blaen yn ddidrugaredd. Weithiau deuai'r glaw drwy farrau'r ffenestr ddi-wydr a sgleinio'n llyn ar y llawr yng ngolau'r llusern. Yna daeth pwff o wynt mwy digywilydd a nerthol na'r un arall a diffoddodd y fflam egwan nes boddi'r ystafell mewn tywyllwch dudew.

Cerddai Nic yn ôl a blaen yn ddi-baid i geisio cadw ei ddannedd rhag curo ar ei gilydd yn yr oerni. Gwenodd mewn boddhad pan welodd lewyrch yn ymddangos yn awyr y dwyrain drwy'r ffenestr a dydd newydd yn gwawrio o awyr gymylog, lwyd.

Gwyliodd ddrws y salŵn a chyn hir medrai weld Wil Goch yn ymladd yn erbyn y gwynt wrth fynd am y capel bach i fwydo ei geffyl. Drwy'r bore ni ddaeth neb ar ei gyfyl yn ei gell unig. Bu yntau'n eistedd ar y llawr bob yn ail â cherdded at y ffenestr i edrych drwyddi ar y stryd.

Tua chanol y bore daeth gwaedd o gyfeiriad y salŵn a rhuthrodd Nic tua'r ffenestr. Safai Wil Goch ar ganol y stryd yn gweiddi nerth esgyrn ei ben ar Ifan Ddu, tra rhedai Jac o adeilad i adeilad yn chwilio amdano. Taniodd Wil ergydion i'r awyr yn wyllt ac yna daeth drwy ddrws swyddfa'r siryf i rythu drwy'r barrau ar Nic.

''Ble mae o?'' gofynnodd yn filain, ei fys ar driger y gwn.

Ceisiodd Nic ymddangos yn ddewr a chododd ei ysgwyddau i ddangos ei anwybodaeth.

''Pwy? Am bwy rwyt ti'n sôn?'' gofynnodd.

''Yr Ifan Ddu yna, dy ffrind di.''

''Dydi dihiryn fel yna ddim yn ffrind i mi,'' gwaeddodd Nic yn ddig.

''Mi gaf i afael arno petai'n rhaid imi dynnu'r dref yma'n ddarnau, garreg wrth garreg,'' rhuodd Wil Goch, yn rhuthro drwy'r drws eto ac yn gweiddi'n groch ar Jac wrth redeg ar draws y ffordd.

Arhosodd Nic wrth y ffenestr yn eu gwylio yn rhedeg yma ac acw hyd y dref. Ond er iddynt chwilio pob gwesty a thŷ, nid oedd golwg o Ifan Ddu yn unman. Yna, wedi dringo'r llethrau o amgylch a saethu i geg ogof neu ddwy, aeth y ddau yn ôl i'r salŵn a dechreuodd Nic feddwl am ffordd i ddianc.

Hyd yn hyn yr oedd wedi credu'n llwyr y byddai un o'r ddau ddihiryn yn dod â bwyd iddo cyn hir, a phenderfynodd mai dyna'r amser i daro. Ond yn awr, wrth gofio mai Ifan Ddu a ddaeth â'r coffi iddo y noson gynt, gwyddai na welai damaid o fwyd na llymaid i'w yfed o ddwylo Wil Goch. Nid oedd waeth gan y ddau yn y salŵn p'run ai byw ai marw a fyddai.

Dechreuodd anobaith ei lethu unwaith eto ac am eiliad wyllt meddyliodd am saethu clo'r drws a rhedeg am ei geffyl. Yna gwelodd Jac yn ymladd yn erbyn y gwynt wrth fynd heibio'r ffenestr.

"Tyrd yma," gwaeddodd Nic drwy'r barrau. "Brysia."

Daeth Jac drwy ddrws y swyddfa yn wyliadwrus a safodd ar ganol y llawr i wynebu Nic.

"Mi wn i ble mae Ifan Ddu," sibrydodd Nic, yn amneidio arno i ddod yn nes. Syrthiodd Jac i'r fagl ar ei union a daeth gam yn nes er mwyn clywed cyfrinach Nic. Saethodd braich Nic drwy'r barrau fel mellten Awst a chlymu am wddf y dihiryn ac yna gwthiodd drwyn y gwn i'w stumog.

"Un gair o dy ben gwag di, ac mi fydda i'n pwyso'r triger," cyfarthodd Nic yn ei glust. "Gollwng dy ynnau i'r llawr yn araf deg a rho gic iddynt o'r neilltu."

Ufuddhaodd Jac ar unwaith.

"Yr allwedd i'r clo yma, brysia," ebe Nic yn ei bwnio'n giaidd â'i wn.

"Mae o gan Wil Goch . . ." dechreuodd y llall ond daliodd Nic y gwn wrth ei ben a thynnodd yntau'r allwedd o'i boced ar frys.

Gwnaeth Nic iddo daflu'r allwedd ar lawr y gell, ac yna cododd y gwn yn uchel a tharo Jac ar ei wegil. Rhoddodd un ochenaid ddwys cyn llithro'n araf deg i'r llawr a gorwedd yno'n anymwybodol. Wedi dod yn rhydd o'i gell, llusgodd Nic y carcharor newydd i mewn a rhoi clo ar y drws.

Aeth tua drws y swyddfa ar flaenau ei draed ac edrych drwyddo. Nid oedd golwg o neb yn unman a rhedodd allan ar draws y stryd a diflannu drwy ddrws y capel. Mewn llai na phum munud roedd y cyfrwy yn barod ar gefn Diafol.

"Fyddwn ni ddim yn hir cyn mynd oddi yma," meddai, yn mynd allan yn llechwraidd. "Aros nes y bydda i wedi talu'r pwyth yn ôl i'r Wil Goch yna."

Nid oedd golwg o neb yn unman wrth iddo anelu at yr hen gawg dŵr uchel a ymddangosai'n ddigon simsan yn y gwynt cryf. Dringodd yr ysgol fregus yn ofalus gan ddisgwyl clywed sŵn ergyd unrhyw funud. Wedi cyrraedd pen yr ysgol yn saff, neidiodd dros ymyl y cawg pren a bu bron iddo syrthio yn ei ôl mewn dychryn, pan welodd Ifan Ddu yn gorwedd ar ei waelod, y gwn nerthol a'r gwydrau arno yn dynn yn ei law.

"Ardderchog," meddai, yn symud i wneud lle i Nic. "Roeddwn i'n gweld y Jac yna yn dod i'r swyddfa. Ble mae o?"

"Yn saff yn y gell," gwenodd Nic, "a wnaiff o ddim deffro am ychydig."

Rhoddodd allwedd clo'r gell i Ifan ac yna edrychodd dros ymyl y cawg dŵr. Nid oedd arno lai nag ofn yn eistedd mor bell o'r ddaear, a'r gwynt yn siglo'r tŵr nes bod y coed pwdr yn gwichian. Nid rhyfedd i Ifan Ddu ddod yma i ymguddio, meddyliodd. O ben y cawg medrai weld pob twll a chornel o'r hen dref. Byddai un dyn a gwn nerthol ganddo yn medru cadw byddin draw o'r fan hon.

"Mi fydd y Cheyenne yma cyn hir," meddai

Ifan Ddu, yn gwthio blaen y gwn drwy hollt yn ochr y cawg a'i anelu at y salŵn islaw.

Gwyrodd Nic ei ben hefyd ac edrych drwy dwll arall ymysg y degau yn ochrau'r hen gawg pren.

"Wil Goch," gwaeddodd Ifan nerth esgyrn ei ben, a'r gwynt yn cipio'r geiriau o'i enau, a'r eco'n eu byddaru o'r creigiau. "Wil Goch."

Yna dim ond sŵn y gwynt yn chwibanu wrth i'r ddau wylio a gwrando.

"Dydi o ddim yn ddigon o ffŵl i ddod allan drwy'r drws acw," sibrydodd Ifan Ddu wrth weld Nic yn gwylio'r salŵn yn ofalus. "Os ydw i yn adnabod Wil Goch mae o eisoes wedi dringo allan drwy ffenestr gefn y salŵn."

Y funud honno gwelodd y dihiryn yn rhedeg yn ei blyg heibio ochr y salŵn am gysgod adeilad cyfagos. Gwelodd Ifan Ddu ef hefyd a chrawciodd y gwn yn ei law. Safodd Wil Goch yn ei unfan am eiliad, trodd i edrych tua phen y tŵr, dechrau codi ei wn yn araf, ac yna suddodd i'r llawr a gorwedd yn hollol lonydd.

Wedi aros am ennyd i wneud yn siŵr nad cymryd arno yr oedd, aeth Ifan Ddu a Nic i lawr yr ysgol. Aethant tuag at Wil Goch yn wyliadwrus, bys Ifan yn dal ar driger ei wn. Ond nid oedd achos iddynt ofni Wil Goch mwyach. Rhwbiodd Ifan ei ddwylo yn ei gilydd ar ôl i Nic ei helpu i gario'r dihiryn i'r salŵn a'i guddio tu ôl i'r cownter uchel.

"Mil o ddoleri," meddai'n ddistaw, yn

cymryd y wats o boced Wil a'i rhoi i Nic.
"Fyddwn i fy hunan ddim yn rhoi ceiniog am y
dihiryn drwg.''

Pennod 14

"Dydw i ddim yn trystio'r Cheyenne," oedd geiriau cyntaf Ifan Ddu wedi iddynt fynd allan i'r awyr agored eto. "A bydd raid imi eu perswadio fy mod yn un o giwed Wil Goch neu bydd ar ben arnom ni."

Wedi meddwl yn ddwys, penderfynodd anfon Nic yn ôl i ben y tŵr i swatio yn y cawg i wylio'r stryd, tra byddai ef yn siarad â'r Cheyenne.

"Ac os gweli di unrhyw beth yn dechrau mynd o'i le," meddai. "Saetha nhw. Mi fedri reoli'r stryd o ben y tŵr yna."

Pan ddaeth yr Indiaid, awr yn ddiweddarach, swatiai Nic yn ei hen guddfan, y Winchester wrth ei ochr, wrth iddo wylio'r stryd oddi tano.

Eisteddai Llygad y Daran yn fawreddog ar ei geffyl a dwsin o'i ddewrion y tu ôl iddo, eu meirch yn curo eu traed ar y ffordd wrth iddynt deimlo'n anesmwyth yn wynebu'r gwynt cryf. Ac oherwydd sŵn y gwynt ni fedrai Nic glywed ond ychydig iawn o'u sgwrs, ond roedd yn amlwg iddo nad oedd y Cheyenne yn fodlon ymadael â'r aur cyn cael y gynnau yn eu dwylo.

Tu ôl i geffyl Llygad y Daran, safai mul bychan, gwyn, a medrai Nic weld sachaid o lwch aur yn hongian o'r cyfrwy. Estynnodd Ifan Ddu ei law amdano ond ar amrantiad roedd dwsin o ynnau yn codi i'w wynebu. Gwaeddodd Llygad y Daran yn haerllug yn wyneb Ifan wrth i'r dewrion ei gadw draw â'r gynnau. Yna aeth at y mul ac agorodd y sach. Cododd ddyrnaid o'r llwch gwerthfawr a'i ddangos i Ifan Ddu cyn gadael iddo lifo rhwng ei fysedd yn ôl i'r sach.

Daethpwyd i ryw fath o ddealltwriaeth a gwyliodd Nic hwy'n dringo'r bryn yn un dyrfa glos. Gweryrai'r ceffylau yn anesmwyth wrth weld eu meistri yn eu gadael, ond safai'r mul yn llonydd fel delw a'r sach yn hongian bron at y llawr.

''Be ar y ddaear?'' ebe Nic yn uchel wrth weld Ifan Ddu yn arwain y Cheyenne at geg ogof gul yn ochr y bryn. Gwyddai nad dyna'r ogof lle roedd y gynnau. Mewn ogof arall yn y bryn y tu ôl i'r salŵn yr oedd y gynnau. Roedd Ifan Ddu a'r Cheyenne yn mynd yn hollol groes.

Cododd Nic ar ei draed gan feddwl gweiddi i dynnu sylw Ifan ac yna teimlodd ei hun yn gwelwi wrth iddo weld yr Indiad olaf yn diflannu i'r ogof heibio Ifan Ddu. Tynnodd Ifan rhywbeth o'i boced.

Deinameit, meddyliodd Nic ac yna gwaeddodd yn wyllt i'r gwynt.

''Na, Ifan, na,'' gwaeddodd wrth weld y llall yn ymdrechu i olau'r fatsen yng nghysgod craig. ''Na.''

Ond ni chlywai Ifan Ddu yr un gair gan sŵn y gwynt yn ei glustiau.

Cododd Nic drwyn y Winchester a'i osod ar ochr y cawg i'w sadio. Anelodd at waelod y sach llwch aur. Taniodd a gwelodd y twll yn ymddangos yn ochr y sach, y ffrwd felen yn rhedeg yn gyflym ohono, yna un arall ac un arall nes bod yr aur yn llifo allan i'w gipio gan y gwynt a'i chwythu hyd y ffordd a diflannu am byth yn y llaid a'r glaswellt.

"Na," ysgrechiodd Ifan Ddu, yn llithro dros y creigiau.

Rhedodd yma ac acw hyd y ffordd fel dyn wedi gwallgofi yn lân. Aeth ar ei bedwar ar y ddaear i chwilio am yr aur, a oedd bellach wedi dychwel-yd i'r ddaear o ble y'i rhwygwyd.

Pan welodd Nic y Cheyenne yn dod allan o'r ogof, llithrodd i lawr yr ysgol bren a rhedeg yn ei blyg tua'i hen gell a bwledi'r Indiaid o ochr y bryn yn dawnsio yn y llaid o'i gwmpas. Saeth-odd y clo oddi ar ddrws cell y deinameit, gafael mewn darn ohono a neidio allan drwy ffenestr y cefn, heb gymryd yr un sylw o'r carcharor a safai wrth y barrau yn gweiddi arno. Dringodd y llethr tu ôl i'r salŵn yn gyflym, tuag at geg yr ogof lle roedd y gynnau wedi eu cuddio. Pan oedd ar fin cyrraedd gwelodd y Cheyenne ef. Taflodd Nic ei hunan ar y llawr o afael eu hergydion ac ymlusgo i gysgod carreg fawr. Yna, gan gymryd ei amser, taniodd y ffiws hir a dal ei gôt dros y deinameit i'w gysgodi rhag y gwynt. Pan oedd y gwreichion yn clecian yn las, taflodd y bwndel ymhell i'r ogof.

Aeth i lawr ochr y bryn fel mellten, a theimlai yr holl lethr yn crynu wrth i'r ogof ddymchwel yn un gymysgfa o gerrig a llwch. Gyrrodd nerth y ffrwydrad ef yn bendramwnwgl drwy ddrws cefn y salŵn, tra syrthiai cerrig a darnau coed o'i gwmpas ymhobman fel dafnau glaw storm o haf. Bu'r ffrwydrad yn ddigon i gadw pennau'r Cheyenne i lawr yn ddigon hir iddo fedru cyrraedd y capel bach. Rhuthrodd i'w awenau a rhedeg beth o'r ffordd drwy'r stryd wrth ochr Diafol. Yna taflodd ei freichiau am wddf y ceffyl a thynnu ei hun i'r cyfrwy, pwyso ei wyneb i'r mwng a'i sbarduno'n wyllt ar ei daith.

Pan edrychodd wysg ei gefn wedi cyrraedd pen draw'r dref, roedd y Cheyenne yn barod yn rhedeg am eu ceffylau, eu bloeddiadau i'w clywed yn glir er gwaethaf sŵn y gwynt. Sbardunodd Nic ei geffyl yn drymach nag erioed o'r blaen a rhoddodd ochenaid o ryddhad pan welodd yr agoriad rhwng y ddwy graig uchel yn agor o'i flaen. Roedd cyfle iddo fedru eu hel oddi ar ei drywydd yn awr yn y mynyddoedd.

Ond dal i'w ddilyn a wnâi'r giwed aflafar a phob tro yr edrychai Nic yn ôl curai ei galon yn gyflymach wrth iddo weld Llygad y Daran yn nesáu, a'i ddewrion yn dynn wrth ei sawdl. Llithrai Diafol byth a beunydd ar y cerrig mân, ac unwaith bu'n rhaid i Nic ddisgyn o'r cyfrwy i'w wthio ar ei draed wedi iddo syrthio. Roedd y ceffyl druan yn anadlu'n gyflym a llafurus a'i gôt winau yn llaith gan chwys.

Cip eto'n ôl wedi tynnu'r ceffyl ar ei draed, a'r giwed fel bytheiaid wrth ei gwt. Sbardunodd ei geffyl yn wylltach fyth pan glywodd fwled yn chwibanu heibio'i glust. Roeddynt yn ei ddal yn brysur.

Yna'n sydyn, wrth ddod rownd tro yn y llwybr, gwelodd Nic ei gyfle olaf i geisio dianc. Ychydig lathenni o'i flaen rhannai'r llwybr yn ddau. Âi un fraich ohono ar i waered, a'r llall yn dringo'n igam-ogam rhwng y creigiau geirwon.

Dim ond un o'i gof fyddai'n dewis y llwybr cul a arweiniai i fyny i'r creigiau, ac yntau ar ffo. Gweddïai Nic mai hyn fyddai barn y Cheyenne hefyd, wrth iddo arwain ei geffyl ar ei hyd. Wedi marchogaeth ryw ugain llath ar hyd y llwybr serth, neidiodd o'r cyfrwy ac ymwthio rhwng dwy graig uchel gan dynnu Diafol ar ei ôl. Prin eu bod o'r golwg cyn i sŵn ceffylau'r Cheyenne ddod rownd y tro ar eu holau.

Gafaelodd Nic yn dynnach yn yr awenau a rhwbio trwyn ei geffyl yn dyner rhag iddo ymysgwyd a dangos eu cuddfan i'w herlidwyr. Gwyddai oddi wrth y sŵn fod yr Indiaid wedi aros mewn penbleth ar y fforch yn y llwybr oddi tano. Medrai glywed eu lleisiau yn codi'n gyffrous wrth iddynt ddadlau a chlywai sŵn ei galon ei hunan fel petai rhywun yn curo drwm ymhell ar y paith islaw. Yna dechreuodd chwerthin yn isel wrth eu clywed yn cychwyn eto, a sŵn carnau'r ceffylau yn mynd ymhellach oddi wrtho fel mêl i'w glustiau.

Aeth ar hyd y llwybr i fyny'r mynydd am ychydig eto ac yna, wedi cyrraedd silff wastad, gadawodd i'w geffyl blinedig orffwys. Aeth yntau i edrych dros ochr y clogwyn o'i flaen. Oddi tano gwelai'r paith yn ymestyn i'r gorwel pell.

"Rhyw hanner awr eto o farchogaeth a bydd y glaswellt meddal yna dan dy draed di, 'rhen gyfaill, llawer gwell na'r cerrig brwnt yma yn bydd?" meddai gan droi at Diafol.

Safai Llygad y Daran yno, ei law ar awenau'r ceffyl a'r llaw arall yn dal y gwn. Nid oedd golwg o'i geffyl ei hun yn unman.

"Mae'r dyn gwyn o'r paith yn ffŵl," meddai yn ddistaw, yn amneidio ar i Nic sefyll yn ddigon pell oddi wrtho. "Mae'n anghofio bod y Cheyenne cystal â'r ci gwyllt am ddilyn trywydd yn y mynyddoedd."

Disgwyliai Nic weld tân yn dod o drwyn y gwn unrhyw eiliad a dechreuodd siarad yn wyllt am ei frawd, ond cododd y pennaeth ei law i'w atal.

"Mae dy frawd yn hapus," meddai, "Cheyenne ydi o bellach. Fydd o byth yn hapus ym myd y dyn gwyn."

"Ond petawn i'n cael ei weld o am . . ."

"Rwyt ti wedi ei weld o," eglurodd Llygad y Daran.

Syllodd Nic i fyw llygaid glas, caled yr Indiad a meddyliodd yn ddwys. Roedd synnwyr yn yr hyn a ddywedai. Wedi dechrau dod i adnabod y Cheyenne, gwyddai na fyddai'r un ohonynt yn hapus oddi wrth y llwyth. Byddai mynd â'i frawd oddi wrth y llwyth fel mynd ag aderyn y paith a'i gloi mewn cawell.

"Mae gwlad y dyn gwyn tu draw i'r paith acw, tua machlud haul," meddai Llygad y Daran. "Cer ar frys cyn i'r dewrion ddychwelyd."

Nid oedd angen dweud ddwywaith wrth Nic. Neidiodd i'w gyfrwy a chychwyn ar hyd y llwybr a arweiniai i lawr i'r dyffryn islaw. Yna tynnodd yn yr awenau mor sydyn fel y llithrodd Diafol gryn ddeg llath cyn aros yn llonydd.

"Y llygaid glas yna," meddai Nic yn uchel. "Llygaid glas, Llygad y Daran. Pwy glywodd am Cheyenne â llygaid glas?" Llygaid tywyll oedd i bob Indiad a welodd Nic.

Teimlai fel cicio ei hunan i lawr ochr y mynydd am fod mor ddall ar hyd y daith. Dylai fod wedi sylweddoli bod rhywun mewn awdurdod wedi ei helpu i ddianc o wersyll y Cheyenne, rhywun a digon o awdurdod ganddo i wneud yn siŵr nad oedd yr un gwyliwr o gwmpas. Neb ond pennaeth a fyddai â'r fath hawl mewn gwersyll Cheyenne.

Munud ynghynt gadawodd Llygad y Daran iddo ddianc am yr ail dro. Yn awr sylweddolai Nic fod yr amhosibl wedi digwydd iddo, cael ei ryddhau gan y Cheyenne ac yntau wedi mynd â'r aur a'r gynnau oddi arno. Gwyddai fod rhywbeth llawer mwy na lwc wedi ei ryddhau. Er mai Cheyenne ydoedd ers blynyddoedd bellach, ni fedrai Llygad y Daran ddianc yn llwyr o'r rhaff anweledig a'i daliai wrth ei frawd.

Cododd Nic ei olwg i'r mynyddoedd yn araf. Roedd Llygad y Daran ymhell oddi wrtho erbyn hyn ac wedi galw ei geffyl ato. Eisteddai yn urddasol ar ei gefn, yn ddim ond amlinelliad yn erbyn glesni'r awyr. Cododd ei law unwaith mewn ffarwél ac yna gwaeddodd ar ei farch a diflannodd i ganol y creigiau.

Aeth Nic tua'r paith islaw yn drist ac yn llawen yr un pryd. Teimlai'n drist am iddo weld ei frawd am y tro olaf ac yn hapus am iddo sylweddoli ei fod yn berffaith fodlon ar ei fywyd, yn Cheyenne gwyllt y paith.

Pan ddaeth y nos ar ei warthaf, arhosodd Nic o flaen yr hen furddun ar y paith ac aeth at yr allor yn ddistaw. Gosododd wats aur ei dad yn ofalus ynghanol y plu amryliw ac aeth yn ôl am ei geffyl. Yna, heb edrych yn ôl unwaith, marchogodd tua'r gorllewin, a'r haul yn bêl eirias o dân ar y gorwel pell.